U0131187

慢　　　漫　　　談

THINK TWICE

黃俊隆

———

聶永真

放逐

感覺是捧著一杯茶或咖啡悠悠看著窗外講出來的假掰字。

放逐

黃俊隆（以下簡稱「黃」）｜首先請永真講講你對「放逐」兩字的想法好了？

聶永真（以下簡稱「聶」）｜很誠實地說，「放逐」這兩字其實有點三八。之前我們講放逐，意思其實是被放逐，例如中國史裡，偶會出現因政治因素而被放逐到新疆的人物記載，意義上比較接近「流亡」。但今天講放逐，好像更接近一種主動的、浪漫的、詩意的行為；放逐就是離開，離開自己習慣的工作跟生活，獨自去做點什麼而不受外界干擾。就是出去玩的意思啊。

黃｜我跟永真的看法很接近，可是「出去玩」三個字出現在印刻很奇怪，所以硬生了一個題目叫「放逐」……（笑）

聶｜感覺是捧著一杯茶或咖啡悠悠看著窗外講出來的假掰字。

黃｜就是經過美化的題目。就我來看，「放逐」聽起來有某種念書時嚮往的布爾喬亞的三八和浪漫，不過回到實際面來講，放逐就是厭倦了一成不變的生

活，厭倦了某些人事物，為了逃避而躲起來，好把自己清空之類的，有很實際的目的。

我原本預設放逐就是逃到國外，但按照這說法，其實應該只是在這樣的目的下逃到任何地方、不限天數、呼吸一些新鮮空氣而不被原本熟知的一切打擾，這種放逐也可以說成出去玩，只是玩的用意和目的不一樣。

我第一次有放逐的念頭和行動，是在當完兵、準備去工作之前的時候。那時已經通過魔岩唱片的面試，就很假掰地覺得，進入職場後面對的人生一定不再如學生時代的單純，為了進入下個階段，應該做點特別的事情，於是自己搭著火車到台東，轉搭飛機到蘭嶼待了十天。十天裡其實沒幹麼，都在海邊放空曬太陽，中午就回到民宿和主人一起用餐，不知不覺就下午一點多，然後睡個午覺起來就傍晚了，再去海邊走走。很像老人家的生活。

聶｜年老的生活也會這樣嗎？

黃｜不是在山上就是在海邊吧。

聶｜你會把年老退休定義成放逐嗎？還是被放逐了？（笑）

黃｜應該是被放逐吧！

聶｜是被遺棄啦！

黃｜反正那是我第一次比較接近放逐的經驗。

聶｜我比較接近放逐概念的，是二〇〇九年去洛杉磯駐村三個月。其實那一整年都在「所謂放逐」（笑），不接工作、去了很多地方，做了一些事情。由於出社會後連續工作六、七年都沒休息，於是突然想暫停一整年，申請到文建會（現為文化部）的駐村計畫去洛杉磯，沒有什麼目標跟期待，到了那邊才開始想要做些什麼、如何適應……剛開始我都搭公車或騎單車到處走，後來在當地認識朋友，才搭朋友的車到處去玩。其實自己非常懶，如果沒有朋友開車載我，就算幾個月都待在住的地方（Santa Monica），我也不會覺得怎樣。因為不工作，當時整個身心狀態都是很舒服的。

黃｜如果沒有朋友的話，很樂於每天騎腳踏車嗎？

聶｜對，我非常懶於開拓新的玩樂計畫，就算每天騎腳踏車在鎮上沒事遊晃也可以。沒想到後來每天都有行程、而且很遠，很少回去。

（這之前有過在國外城市待很久的經驗嗎？）

聶｜曾在美國待半個多月，還有法國、日本。但都不長。也是休息。

黃｜我在洛杉磯搭公車曾遇到恐怖的經驗。從聖塔摩尼卡搭車到 downtown，因為我住的地方在 downtown 外，需先坐公車再轉計程車。下公車後不知自己在哪裡，不斷有人上前搭訕，又晚又冷，招不到計程車，很怕回不去。

聶｜世界各地的 downtown 多半是治安較好的地方，但洛杉磯好像不是。我

白天才會去 downtown 閒晃。

（你覺得洛杉磯是個適合放逐的地方嗎？）

聶 │ 我覺得是耶。它完全不符合我對城市的想像──比如紐約、巴黎那樣的交通便利跟發達，但對想離開工作前往某處的人來說，洛杉磯是會讓你心情很好的地方，道路寬敞、房屋矮、常日陽光、到處都是棕櫚樹。人在那裡，心情自然而然開闊起來。

黃 │ 對我來說，什麼地方適合放逐，會因為放逐的目的不同而有不同的答案。回溯以往的經驗，大概分成兩種類型，一種目的性強，比如為了獲取 information，另一種是只想休息、不想被打擾。前者是我入社會後的第一次放逐，當時剛離開工作的出版社，有點茫然，挫折感也很重，東京的朋友邀我去他那裡休息一段時間，我就去了兩週。那是我人生第一次出國，而且是一個人上路，對東京的印象很深刻，跟台北好不一樣，人多，資訊也多，出版步調比台灣快好多……那兩週看了很多有趣的東西，有種被充飽電的感覺。

不過，當你是為了放鬆休息，紐約、東京這類城市就太擁擠、壓迫感太重，這時歐洲城市會是比較好的選擇，步調舒緩自在很多。我有個比較極端的例子是紐西蘭。以前我看到旅行社廣告，總覺得去紐西蘭是退休老人的選擇，但二○一一年時我失戀了，不想待在熟悉的地方，臨時只想買張最快啟程的國外機票逃出去。原本我的首選是莫斯科，但朋友勸我，「那邊很冷喔，失戀不適合一個人去那種地方……」

聶 ｜ 可能更絕望。

黃 ｜ 剛開始在紐西蘭也滿絕望的——我不是應該老了才到這種蘇武牧羊的地方嗎？但起碼那裡有朋友，比較有安全感，也比較不會想跳樓（笑）。本來每天都賴在朋友家，後來他勸我延遲回程，去南島參加一些大自然的活動，我就半被迫地去了。
那邊真的都是水上活動、降落傘之類的戶外行程。我就想，失戀跳降落傘好像滿符合的，就參加了⋯⋯

聶 ｜ 失戀在台北街頭淋雨不就好了？

（這失戀很昂貴。）

黃 ｜ 不是從飛機上跳的，那太恐怖。車子載我們上山，在一個斜坡上⋯⋯

聶 ｜ 這種療癒方式感覺很遜耶。應該高空彈跳才對耶！

黃 ｜ 不是，我一定要講，光那個就很屎屎流了。來這邊感覺不做點事情，很孬。
每天在 downtown，看到一堆人浮在空中，就覺得該有個新體驗，當然沒有笨到像電影演的，跳完以後頓悟，情傷就好了，但至少是全新的嘗試。

聶 ｜ 其實是進行一個跨界儀式。

黃 | 對，就是到一個逃避的地方，離開不想面對的事情。當我一到那裡，就覺得一切都不一樣，都無所謂了。不過這樣的經驗應該不能用刺激形容，比較是蠢吧。二〇一四年底到紐約和波士頓又是另外一種。我是去短期遊學的。

聶 | 這算放逐嗎？

黃 | 還是算耶，因為離開原本工作。回頭看，自轉星球在二〇一四年十周年，我在原本前五年都只有自己一個人，當時比較接近放逐的，也是老歐洲概念，就是休耕。從二〇〇五年開始，每兩三年都會給自己一段休耕時間，一個人出去，到歐洲不同城市待兩個禮拜。當時就有遊學念頭，但現實環境不太允許，到了第九年，公司比較穩定，才終於出去念書。

聶 | 除了那次洛杉磯之旅，我其他旅行的放逐感沒那麼強烈──回來一樣要面對工作，算是休息吧。

黃 | 只要一個人出去旅行，都跟放逐很像。若為了工作，即便出去時間再怎麼長、再怎麼開心，也都是工作。舉例，像我帶彎彎去歐洲六個國家、九個城市出差，去的時間比任何我自己去都長，但那是一個緊繃的工作狀態。即便看再多地方，都不是放逐，因為跟原本工作關連太密切了。另外，和三五好友出去玩也不叫放逐，跟朋友、家人出去，多少會有不得已配合彼此行程的情況，我認為放逐的前提是「一個人為所欲為」，否則就只是旅行罷了。

聶 | 只要有別於現實的生活，不受到干擾，都可以是放逐吧。把工作都推掉

去台南生活一陣子，那也叫做放逐，前提都建立在主動，而不是被動。

黃｜蘭嶼是我認為台灣最理想的放逐地點。我去過兩次，不曉得那邊現在變得如何，從前去的時候，沒有無線上網，島上也沒有太都市化的東西，就是到山上海邊、看羊看星星，吹吹海風，帶幾本書翻看，非常自由。但談到「最完美的放逐地點」，就像旅行文學家保羅・索魯（Paul Theroux）說，現代人的放逐太像觀光，所謂放逐，應該尋求和與世隔絕、語言不通的新世界對話，他的說法雖然極端，但我覺得一個需要丟掉熟悉語言和現實、充滿原始性的荒地，比如阿拉斯加，大概會是最完美的放逐地點，只是回到現實條件，不見得每個人都有能力達成這種極端放逐。

聶｜我認為最完美的放逐，是去北歐國家，芬蘭瑞典挪威等。對我來說，一個人處在天寒地凍中是非常完美的情境，尤其是下雪出門買東西，這個行為實在太好了，我也不知道為什麼（笑）。那種一個人的感覺會讓人想哭，但我就是覺得很棒。可能跟冬天的畫短夜長有關吧，北歐電影也多半冷冽，我的想像中，生活在那裡的畫面是灰暗的，且有強烈的孤獨感，但那是我認為最完美的天氣所製造的情境狀態。在那麼冷的地方抽菸，不覺得很舒服嗎？

黃｜完美的話我會選冰島。但得待上一段較長的時間，只去一兩週很浪費。「孤獨感」跟「放逐」常常連結在一起。其實，我會以歐洲城市為理想的放逐地點，而不是冰島、阿拉斯加這些地方，就是後者的孤獨感太強烈。在一般狀況下，沒做好足夠的心理準備，沒辦法承受那種強烈的孤獨感，沒有朋友，萬一又沒有退路，真的會讓人有點「挫」。像我那次遊學選擇波士頓和紐約，事

先也「挫」，因為朋友都力勸我別挑冬天去，偏偏我只有那段時間允許，但我從未在下雪的地方連續待三天以上，無從得知從文本閱讀到的「下雪的孤寂感」到底有多強烈。三個月的行程中，我還給自己留了後路，先報名一個月的短期課程，如果待得住才報第二個月。

當然我也希望體驗絕對的孤獨感，但那需要漸進。有一次我站在大雪的街頭，看著被車子輾過、被路人踩髒、灰黑骯髒的雪地，滿心只想找一碗熱湯喝，可是冰天雪地的紐約，每個人都躲在家裡，只有傻逼觀光客才在外頭亂晃找東西吃，那一瞬間我真的有種絕望感，很想回家。

知道長時間面對孤獨是怎麼回事後，我在想，或許有一天，當我想成為被放逐的老人時，會去選擇那種真正極端的經驗吧，比方去剛才你提到的那些北歐城市。

聶 ｜ 但退休老人可能不堪這麼冷的氣候。放逐可能是一種很年輕的、只存在於青壯年的想像。老人不太會用這種字眼，除非像電影《一路玩到掛》，比較是了卻心願而非放逐的概念。

黃 ｜ 同意。

聶 ｜ 放逐絕對是超越現實的。即使在外面生活一陣子，考量到工作跟金錢，還是得回來。長久在某個地方放逐也會生根，這樣一來，放逐又回歸到現實中。因為你待的那個城市裡的每個人也在工作、生活，只有你自己在心態上是抽離的；一旦你真正進入那城市，融入當地的工作和生活中，就又遠離放逐概念了。

黃 ｜ 不管放逐或旅行，都要面對兩個很大的敵人：金錢和體力。兩者很

難拿捏，因為年輕時有體力，錢卻存得不夠，無法進行長期或昂貴的旅行；等到四五十歲準備要退休了，身體也不方便了，不見得能享受絕對的放逐體驗，或說去放逐本身就是矛盾的。其實有很多現實考量在其中。

（兩人的放逐想像都跟亞洲無關？）

黃 ｜ 好熱喔！

聶 ｜ 可能我們是亞洲人，比較熟悉亞洲的天氣、文化與風土，本來放逐就會選一個嚮往、跟自己習慣遠一點的，當然可以把自己放逐在亞洲啦，但習慣太近，可能不夠遠離，減弱了一點自己與現實間的阻隔感。

黃 ｜ 印度算嗎？不丹算 OK，但貴。會考量現實。不丹或西藏都滿適合的。印度是個適合的地方，但我不喜歡咖哩，腸胃又不好，去會拉肚子，是我不考慮的原因。

（會想家嗎？）

聶 ｜ 不會。現在這麼方便，隨時可以打電話。

黃 ｜ 而且有臉書。

聶 ｜ 想念這裡食物跟方便，那不一定是想家。

黃｜想家會反應到某些生活面向，最常對照的就是食物。很懷念台灣食物，
或是常去的咖啡館喝習慣的咖啡。懷念某家早餐店。

（想要無止境地放逐嗎？）

聶｜無止境我就會慌了。有止境比較好。

（止境到底多久比較好？）

聶｜像是留學生活一兩年吧。

黃｜那也很長啊！但我也覺得差不多這樣。再久就是生根了。但不會有這樣
的念頭。

（最近想放逐嗎？）

聶｜還不夠操，還沒想。最近一次是去大阪半個月，工作提早結束後想到處
走走，就去了瀨戶內海的小島。不過結束後還是很快地就回到了工作的狀態。

黃｜我講會被扁吧，因為我才剛從紐約回來。我覺得這種事情會食髓知味跟
欲罷不能耶。但短時間之內還無法出去。

（放逐到什麼時候會覺得夠了？）

聶 ｜ 三個月差不多。

黃 ｜ 理想三個月不錯，但現實是兩週，這是最能爭取到的空間。

終場亂談

放逐之後，
回頭看這一段的
時間是⋯⋯

聶 ｜ 不回看的！「回看」這個詞有點假掰。放逐時本來就不一樣啦。我不是沉浸過去美好的人。

黃 ｜ 我跟他滿對比的，也不是說喜歡回憶，而是不由自主割捨不掉人情世故。（聶：這是天秤座的罩門。）互留聯絡方式就是很好的例子。我以前旅行會帶一本簿子很愛讓人簽名，留下聯絡方式，因為未再聯絡，回來就活在愧疚裡。對照那種寫明信片的人，我以前不愛，偶一為之。某次我在紐澳良認識一個媽媽，很熱心，建議我到哪裡吃生蠔，糾正我英文發音，非常熱情，不會有壓迫感，原本猶豫要不要留個聯絡方式，但當下決定算了，回去會有包袱。（搞不好人家也忘了。）天秤座不留就沒事。我現在幾乎是應朋友要求才寫明信片。寫給自己真的是太假掰了。我偶爾會挑一張空白的卡片寄回家，好玩而已。

聶 ｜ 我曾在巴黎附庸風雅地寫過一張給自己的明信片，回到家收到後頭皮發麻，想說幹麼學人家寫一張明信片寄給自己那麼假掰。那時我回台踏進家門後發現明信片比我先到家，裡面的內容早被我媽跟我妹都輪流看過了，而且如陳

列般地大方躺在客廳茶几上，根本想找洞鑽。

黃 ｜ 我一定要講明信片這件事情。很多人寫明信片，回望自己生活跟自己連結，我認為寫明信片最俗爛的一句話，就是「這裡的風景好美，好希望你現在也在這裡」，這應該是假掰第一名！

聶 ｜ 也是很頭皮發麻耶！

黃 ｜ 這像是在一人的旅行中拉回現實與朋友對話。你可以說浪漫，也可以說讓人頭皮發麻。跟很熟的人說這句話，是極端明信片的濫觴。其實也是孤獨感的寫照，看到這麼美的風景，心生遺憾，為什麼某某或親近的人不在身邊。「每個人都害怕孤獨又希望自由」──在這樣的情境下，很容易寫出這麼一句話。

聶 ｜ 我很怕人家逼我寫明信片、託買不順路或不方便收拾的東西。你應該要讓你的朋友玩得很盡興，而不是讓他在旅途中被瑣事綁架。

Think Twice

失戀時，做過最瘋狂的舉動是什麼？
什麼樣的行為會被定義為「假掰」，做過最假掰的事？

城市的
記號

記號是時代的共同記憶，透過記號，我們得以在精神上與時代接軌。

城市的記號

（兩人都喜歡散步，散步時路上會留意到什麼樣的記號？）

聶 ｜ 我會看柏油路上的標誌、標號，或者像畫著摩托車示意圖和待轉區的圖像。我覺得台北市很多地方都不夠好看，只有這個地面上的這些符號比較迷人。那是很幾何圖形的東西，有時候眼睛不小心框住了這些圖形的局部，像是相機的觀景窗。又如黑色柏油路上一些與觀看方向形成角度、透過截取所產生的線段等，我覺得它作為一個畫面很好看。幾何的東西再怎麼裁切都還是存在著一種意外協調的美感。

（那你前陣子出國應該也走了不少路吧？）

聶 ｜ 幾乎都會是看到類似概念的標誌，全世界大概都差不多是那樣，universal 的語意。

（異國街頭並沒有讓你特別留下印象的東西？）

聶 ｜ 真的會有印象的可能是整個城市的輪廓景觀，不會是局部的。之前在冰島有一次經驗，早上起床十點、十一點出門外面都還是黑的，你會看到有一輪月亮高高掛在那邊，月亮看起來很像童話故事裡畫上去的，非常近非常巨大。當下眼見的弧線和光暈，還有街道兩旁披著厚厚積雪一路到底的公寓矮房等，會讓你打從心裡覺得：嗯，你正站在一個與自己以往生命中所習慣的時空、感知經驗不一樣的地方，很超現實。這反而是一種包圍的五感體驗，不太會是眼下局部的東西。

黃 ｜ 我在台灣散步閒晃時，最常觀察到──或說比較好奇的是，長鏡頭畫面裡，隱身大輪廓中的微小細節，像是街頭塗鴉或小廣告，話說最近我家一樓被貼了一張告示……

聶 ｜「拆」？

黃 ｜ 不是（笑）。是抗議我午夜十二點之後還製造噪音，妨礙他人睡眠的警告。

聶 ｜ 你做了什麼事？

黃 ｜ 就彈吉他啊，還有聽音樂，因為老舊建築一般都隔音很差，那張單子署名「失眠的女兒」，威脅說下次要報警處理，所以我那陣子特別留意社區牆面上張貼的紙條，如出租、售、轉讓等。

聶 ｜ 想看你被報警（不懷好意的狂笑）。

黃 │ 所以我很認真地研究我們那排巷子的外觀和隔音。這才發現這排房子雖然都是五樓的建物，但幾乎每棟都有志一同往上長了鐵皮屋和頂樓加蓋，但平常不會沒事抬頭看，對那個多出來的空間完全是無視的狀態。直到那天，才發現原來社區的上面長這樣。

鐵皮屋頂其實也是城市的一種符號。對都市人來說，鐵皮屋、頂樓加蓋，反映了「困中求生，寸土寸金」的心境。以前我租屋看房都會先看頂樓，因為比較便宜，但我後來發現頂樓一定會有各自隱藏的問題，如漏水、材質不佳、格局很奇怪、冬天特別冷……然而，散步時能看到的局限於片面、角落的面向，頂樓因為平常看不到，反而可讓人從被忽略的視角，去挖掘一些隱身於城市裡的祕密和空間。

比起從地面抬頭仰望，更明顯的是從制高點往下看。我住富陽生態公園附近，上面有個平台是可以俯瞰台北市，站在那裡，我們那區的鐵皮加蓋一目了然，清楚地坐落於林立的高樓之中，凡是低矮的平房都有個倒 V 字形的頂樓，像是一種記號──代表每個人、每戶家庭都很用力地在增加可用空間，尋找出路。

聶 │ 就很像褲子破掉，媽媽幫你補的一塊塊補丁。

黃 │ 對，很多突出來的部分。

聶 │ 鐵皮屋就很可以感覺到是台灣專屬的景致。北中南都有。那是台灣的特色，也是某種識別，但不一定是美的。因為台灣潮濕，台北又容易下雨，你會看到不同時間蓋的鐵皮屋呈現深淺不一，不同的顏色，就真的是看到一塊一塊像是拼補起來的東西。那東西其實不好看，但如果某一戶的陽台有種一些植

物，像露台上的花園那樣，植栽或樹、鴿籠或曬衣杆穿插在其中，你反而又會覺得：欸，看起來還滿有趣的。那些小東西小物件反而讓那個空間看起來變得特別，有一種迷你生態區的感覺。可能因為有了那些植物和物件，會讓你覺得有人活動在那個樓層，有生機的感覺。

然後，另外一提。每個城市的官方徽章或符號好不好看，其實是一道線索表徵，很容易據此辨別該城市的美感成熟度與品味。像我現在 fb 的大頭照是一個黑底方塊，上面有三個 X 直列，這三個 X 是阿姆斯特丹的市徽。

黃｜那是市徽？

聶｜對。你一踏出火車站，到處都會看到，包含計程車門上的視覺標示──Taxi 的 X 就是連著三個 X 下來。他們把市徽應用在整座城市的設計裡，無所不在，工人穿的制服上面也都有，讓人覺得說怎麼能夠把這個幾何符號變成這麼強大的運用……但這組符號是具有意涵的[1]，當初一到阿姆斯特丹，看到四處都是 XXX 就在心裡產生了疑問，當下拿起手機 Google 了一些關鍵字，發現原來這就是他們的市徽，我本來就非常喜歡幾何符號，知道意思之後更加覺得：哇！這運用實在是厲害到不行。

黃｜「X」明明是文字，為什麼你覺得是幾何符號？

聶｜「X」是幾何符號啊，還看是 X，放到非常非常大，就是線條或塊狀組成的圖案，而且非常簡潔俐落。你可以想像歐洲的城市，因為歷史因素，市徽多半是古典繁複的裝飾圖案，對比於其他城市，就會覺得阿姆斯特丹怎麼那麼

「新」！再回頭看看自己居住地和其他台灣縣市的官方圖徽……怎麼都那麼地無趣與老派。順帶一提，高雄市市徽已經是官方設計的 logo 裡算水準很高的。

黃 ｜ 我不要陷入美感的窠臼裡，我要轉過來！先不管它的美感，記號對我來講就是有形和無形的提醒。關於城市記號，我想講一個波士頓的例子，我去遊學的那年波士頓正經歷波士頓爆炸案的劫後療傷與重建，四處都會看到一個符號：圓形裡面是大寫的 B（代表 Boston），下面簡簡單單加個 strong。那符號就是一個精神象徵與提醒，波士頓的球隊，誓言拿到世界大賽的冠軍，以榮耀安慰那些曾經受傷的靈魂，在短短不到一年內他們實踐了承諾，整座城市每個人因為這樣的洗禮，獲得了無與倫比的心靈重建力量。

回頭來講台北，任何一件事例如世界大學運動會，或者設計之都，都是很明確的目標，但是我們在這個城市裡，幾乎看不到關於這個夢想的符號或者「提醒」，我們所感受到的動能與力量非常少，也許會推出一個 logo，但是這個 logo 在情境或設計呈現上，其實沒有真正落實在台北人的生活裡。所以波士頓的經驗，讓我看見「記號」如何在城市裡面孕育成形的過程，很多咖啡館或公共空間都會掛上「B」的符號，有點像台灣現在有些人在陽台或咖啡店牆上掛出反核旗（別讓台灣成為下一個福島）一樣，有類似的功能。

符號延伸轉化為布旗、貼紙等等標誌，在公共空間裡以記號形式存在。像是底層的人民以自發的力量去發起改革，不是政府推動，而是公民社會由下而上，

---

[1] 三個 X 分別代表水、火與黑死病，皆是歷史上曾重創阿姆斯特丹的禍患。阿姆斯特丹將之轉化為市徽，兼含警惕與保衛阿姆斯特丹之意。

有意識地去創造出一組符號，變成一個大家共同的信仰與共識。台灣正慢慢地從民間長出很多社會運動的力量，而且社會運動的參與透過符號化可以快速傳播，凝聚成共識。三一八學運就有很多令人印象深刻的符號，像在警方圍起的拒馬／蛇籠上，綁滿黃絲帶或插滿白玫塊，就是非常強烈的符碼畫面。

聶｜就是有一個替代符號或指標物被形塑在那邊，讓眾人在信念上有了歸屬的安全感，並且它也成為了指認的憑藉，像是隊旗的概念。而它又是個大量傳播的東西。

黃｜美國棒球文化很發達，每個城市都有自家球隊，透過代表球隊或搖滾樂隊去傳遞出城市的精神和象徵，會有種凝聚力，喚起市民對於這個自己的城市的團結力量與熱情。你每到一座城市，在街頭上都能很清楚的辨識：芝加哥戴小熊帽，紐約就會戴大都會或洋基，市民不看球賽時也一樣戴著走在街上。他們不認為這單單是球隊記號，他認為這是「我的城市」的代表符號。剛剛講的那個 Boston Strong，便宛如暗語默契，為彼此加油打氣，看到就會產生歸屬感。

聶｜那你在波士頓時，也有感同身受的歸屬感與融入感嗎？

黃｜我是個外來者，所以很難進入那個文化脈絡裡面。看我的衣服就知道，我身上很混搭，又是費城人，又是紐約，又是波士頓……
聶｜（大笑）這還滿開心的啊，你就是個消費者啊！

黃｜我就是觀光客啊。我問美國朋友說，唉，為什麼我都買不到「B –Strong」

這個符號的東西，他淡淡地回我：「沒有在賣，大家都是自己做的，不想變得太觀光。」我聽了也覺得有道理，買得到的東西就是用來對付我們這種死觀光客。到處都買得到的商品就已經失去了原本那層意義了。對我來講這個符號可能只是擁有一項紀念品，但對當地人來講，是一種提醒，跟我們不一樣。

（常常會在旅行中，留下很多記號或記號的代表物嗎？）

黃 │ 死觀光客花鈔票買一些東西也只是剛好啊（笑）。
我常常會⋯⋯剛開始旅行時，覺得自己很膚淺，就是找小說、電影或一些文本裡面出現的地點，然後去那些場景，拍照也好買紀念品也好，希望留下一些東西，當作事後提醒的記號。像是有些餐館的餐墊或餐巾紙，我想留下的是上面的 logo，logo 對我來講是一種召喚記憶的符號，後來漸漸養成了這個習慣。第一次去巴黎花神咖啡館也是如此，只覺得消費好高，但又不覺得有多特別，但我一定要找一些東西作紀念，於是就把花神咖啡館的 menu 帶回來。那menu 我現在還留著。
有的人會用拍照來記錄旅行的記憶，但我的心情比較像電影《白日夢冒險王》，西恩潘飾演的攝影師所傳達的：「面對最感動的風景時，我其實不會按下快門的。」這也讓我聯想到永真之前有寫過：「我不愛按下快門，因為當按下快門的這一刻，表示我即將失去眼前的這一切。」
旅行也一樣，我真正想要的時光，我不願意忙著拍照，尤其在日常的閒晃、散步、喝咖啡的那些時刻，通常不會想拍照。寧可沉浸在過程裡面，享受眼前的那杯咖啡。

（留下那些東西是基於一種：不想失去什麼的心情嗎？）

黃｜我希望我不要忘記那段記憶，但我還是會忘記。記得那時候在紐約常租 City bike，租用時機器會吐熱感應的紙條出來，我就一直瘋狂收集，大概帶了一百多張回台灣，我知道熱感應會失效，很多字跡很快就開始模糊不清了，但即使字都褪色淡掉，我看到紙條仍然可以回憶起當時很多印象深刻的點滴。例如騎腳踏車重心不穩，結果牛奶翻倒，或深夜在路邊被警察惡意臨檢後騎著腳踏車回家的心情……其實我覺得那很像記憶的本質。像我舊護照也都不會丟……咦，你用到第幾本了？

聶｜第四本。

黃｜噢，那你比我多。我好像才第二本吧。我舊護照都不會丟，因為上面都會有各國出入境的戳印，而且總是很凌亂，我覺得那些日期和細節是旅行最好的註腳。

聶｜其實我也會留紙本的東西，會留的原因是因為覺得有些 DM 或紙張很好看，通常都是純粹覺得好看而想收著。像以前旅行，早期手機的拍照與畫素功能還沒有那麼完備，久而久之，其實也懶得拍了，覺得沒意思。本來自己也都會留著票根，收集久了最後覺得每個票根都大同小異，就是長那個樣子，真的會麻痺，沒有感覺。我好在乎視覺，好不在乎回憶哈哈哈！真的會想帶回來的紙本就僅限於做得很好的東西，有收藏或參考價值。也或許這樣說：旅行不太需要一路收集實體證明去儲存軌跡。你曾踏在這個地方就是一個事實，除非我

們更在乎的是其他的目的與意義。

記號對我來說比較像是結繩記事，打一個結，標記一個已完成事件的存在，這是一個理性的紀錄及科學的方法。如果牽涉到感性的心之層面，可能就比較像「象徵」而非「記號」。

黃｜我老家是那種三合院的紅磚古厝，常常牆面會龜裂剝落，裸露出裡面的土作，我阿嬤會在上面做記號，可能是欠鄰居幾斤米啊或什麼的，有數字也有抽象符號，只有她自己知道是什麼意思，很像你剛剛講的結繩記事的概念。農會或鄉公所送的年誌也是，翻著翻著就發現有一塊突出來，因為她都會摺角做記號，可能那天是要拜拜的日子，或我爺爺的忌日、叔叔要結婚等。這就回到很傳統很原始很淳樸的提醒功能。

聶｜像在手機或電腦的行事曆上做記號這件事情，也跟人類以往的紙筆記事型態是完全不同的經驗，那是電子數位化的東西，非常非常的後現代，對於某些人從小到大，經歷的都是「手製的記號」，從擁有實體筆記本，到現在用手指滑按的類比／數位轉換，我們剛好跨在紙本與電子媒介的那條邊界上。

黃｜手機的指紋辨識讓我想到一件事：小時候鄉下有時候新鋪了水泥路或填補路面坑洞的，你常常會在上面看到手印，或有哪個死小孩迫不及待地一腳踩上去，測試水泥到底硬了沒之類的，結果本該嶄新鋪好的水泥地，就永恆地留下他來過的腳印或鞋印，牆上也會有手紋……也像是過節時媽媽炊的粿，有時明明還沒蒸熟，小孩就會用手指去掏挖一個洞，那就是記號。其實都是很活生生的記憶。

聶 | 我買車輪餅的時候，老闆也是用芝麻做記號來分口味。

黃 | （大笑）對對對！這有轉到商業模式！這個好笑！我覺得這很有人情味，你在台北買美而美早餐，可能叫了火腿三明治不加小黃瓜冰奶茶去冰和鮪魚起司蛋餅，一口氣點了四五樣，老闆都很厲害，會在紙袋邊自己創造一套符號系統來標示不同的食物，例如撕一角的是有加辣，打叉的是沒冰的等等，剛好呼應你講的車輪餅符號系統。

黃 | 鄉下或山區的土地邊界也是，通常彼此的疆界其實不很清楚，山山相連，很難去認定，我爸使用的傳統記號很多，例如這顆大石頭以西是大伯父家的，以東是我們家的，或是以田邊某一個大樹作為區隔之類。

聶 | 好古代的辨識法。

聶 | 最近在網路上非常流行的，如何一秒分辨台北人或高雄人的測驗，那也是某種記號。

黃 | 還有一個：台灣各縣市的人不能踩到的雷。

聶 | 例如前陣子跟台中人講到「台灣大道」（前身為「中港路」，後被易名為「台灣大道」），台中人就會一秒暴怒。

黃 | 用在你身上準嗎？

聶 ｜ 準啊！（氣）真的超多台中人覺得堵爛，看到雷點列出「台灣大道」時大笑出來，暴怒點是因為改這名字真的很虛妄且毫無意義；另外一方面是台中人的集體記憶符號被這空降的新路名剝奪了。

黃 ｜ 台灣大道在哪裡啊？

聶 ｜ 台灣大道就是以前的中港路啊，改名叫台灣大道⋯⋯

黃 ｜ 宜蘭人也非常不喜歡人家稱他們是「台北的後花園」。

阿嬤的牆壁密碼，以及從不同城市帶回來的紙品等，我以前不認為這些是記號，以為紙本只是收藏，記憶只是記憶，沒有察覺到被 mark 起來痕跡留在我心中的重量和意義。我在身上刺青之後，開始回頭檢視這些事，我想要聊記號的原因就是這個。我有個朋友是小提琴家，結婚十八年後離婚，然後他把那段婚姻化為胸口的一個刺青，他說他想做的事情就是提醒自己，他希望每天早上起床的時能記得自己經歷過的那些，以及要往前負責自己的人生這件事。

所以跟旅行留下紀念物是一樣的，只是透過身體或物件的記號去回溯。這也讓我讓我想到你之前做馬世芳的《歌物件》，那個設計很經典，精準地扣合了搖滾樂與 love and peace 精神。那概念是怎麼浮出來的。

聶 ｜ 那時候在思考的設計觀點是，封面上放哪個物件，讀者的視覺與知覺經驗比較不會麻痺。因為諸如吉他、pick，或像 LP[2]，都容易成為音樂相關的聯想物件，也都是好的，可是對很多人來講，因為被過度通俗地使用因此有點無聊。後來又在書稿裡斟酌了一番選定了和平記號，這是嬉皮時代、獨立自由與

音樂史中非常重要的精神指標，且是簡單的幾何構成，是容易吸收的視覺記憶，最後的設計是以紅線把和平記號電繡到封面上。

黃 │ 你講到一個很重要的東西，我很有共鳴，就是記號的有感與無感。如果只是一些物件的拼湊組合，你可能很無感。但像和平記號是那個時代的共同記憶，我們可以透過記號想像，在精神上與那個時代接軌。

聶 │ 有集體記憶的人會被打動。

黃 │ 或者是像我們這種雖然沒有集體記憶，但十分響往 Woodstock、渴望靠近某種搖滾原鄉精神的人。那記號就能引發我們的共鳴。但講個反例，現在有很多城市（包括台北）街頭都豎立 LOVE 的大型雕塑，我就非常無感。

聶 │ 那只是用來拍照，打卡用。

黃 │ 本來「愛」這個符號是很動人的，但因為過度的氾濫與被消費，變成僅僅是觀光形式的存在，徒具形式。反而是很多街頭塗鴉很有生命力。

聶 │ 這幾年作設計比較大的改變是，那本書的書名、內容或文本本身，會讓你想到很具象東西的話，我都會想要改用抽象的輪廓來替代原本具象的意象。具象的再現其實沒什麼了不起，大家都會，抽象的視覺呈現則是每個設計師自身解碼與編碼的不同詮釋結果。而抽象的東西本身就很容易透過符號象徵組成新的想像。

黃 ｜ 「用抽象的符號，把你想表達的事很具象的傳達」這件事，在你的設計過程裡面是如何去思考的？比如說你覺得某個符號你很有共鳴，但若要進入消費市場還是必須讓消費者能夠產生連結吧。你怎麼去拿捏？

聶 ｜ 很多時候是憑藉感覺，我可能比較敏感於我們這一代語言跟信號間的視覺轉換呈現，但不一定吐得出任何科學方法，顆顆。

黃 ｜（大笑）就像有人開玩笑說，外國人只要刺青是刺中文字就覺得很酷。

聶 ｜ 或許是流行媒介傳播，或距離的美感與異國情調所賜。在未受過中文教育的外國人眼中，僅能單純欣賞中文字的形態構成，那些字當下所攜帶的字義是無效的。因此單純無擾地在這樣的審美限制下，中文字成為了純粹的符號組合。所以說陪伴著我們長成的語言環境，會帶給你一定深度的敏感度，而且讓你用經驗分析著這些語言帶來的信號。

黃 ｜ 變得有感。

聶 ｜ 在文學、藝術或設計領域，某些類別裡的閱聽人反而喜歡消費／購買的是一種虛無縹緲的概念。而你卻剛好可以精準地弄出他們想要的菜，你就是知道如何編碼。

---

2 密紋唱片，Long Playing record，簡稱 LP，現也通用為黑膠唱片的簡稱。

黃 ｜ 我覺得設計師的挑戰是在於，避免過度濫用情感訴求，必須很理性很精準地去抓出大家的共鳴點。

請講一個
你最喜歡的記號或符號。

聶｜我喜歡「X」。

黃｜是指剛剛講的阿姆斯特丹市徽嗎？

聶｜不一定，但三個連在一起的 X 的確很好看。我覺得 X 是一個反叛的記號。
它具有太多重意義了，有否定、交叉、戰勝、跨界等等多元複義。有趣的是，
當它出現在往來溝通中或壓疊在文字訊號上，大多傳達出拒絕的意涵。當線條
比較細的時候則像個連接詞例如乘號，當線條加粗到某個程度成為一個幾何面
後，否定的意思會淡化，呈現出另一種藝術感和中立感，這說明了即使同一個
記號，型態跟背景的不同也會傳達不同的意象和感覺。

黃｜我喜歡地圖上的各種符號。我很愛收集地圖，也很愛看各種機場（起飛
的飛機符號）、河流、公園、地鐵等等小標誌。你可以輕易地從一張地圖上的
各種符號組成，去拼湊、想像這城市的實際樣貌。即使那是一個我沒有去過的
地方，光用看的我也開心。我最喜歡的應該是機場符號，因為對我來講，飛機

起飛象徵著開始。每次看到那符號，都帶給我無限可能在前方等待的希望感。

聶 ｜ 喔，我是喜歡看到「M」，因為地圖上「M」代表「metro」，看到這個符號讓我很安心，意味著這個城市我哪裡都可以去。

黃 ｜ 我旅行時找住宿也都會先看 M，那代表在陌生的城市裡有自己熟悉的邏輯。講到安心，除了「M」之外，在地圖上看到「I（information）」也會很安心。後來學會抵達一個地方就先找「I」，解決問路、拿地圖等優先事項，這超重要。

3 min

街頭

街頭是：每個人走出自己待的小世界，聚集交會在一起的地方。

街
頭

黃｜從前的印象裡，跟街頭劃上等號的就是抗爭遊行、舉標語。那是乍聽「街頭」兩字最直接跳出的想像。

聶｜你的街頭好文青好反叛噢。我小時候對街頭的想像就是摩登城市啊，十分膚淺。

黃｜我是看到「警察三七步取締雞蛋糕阿婆」這則新聞，回頭去思考我所經歷過的街頭人生風景這件事。這新聞的輿論反應很兩極，象徵街頭的多元存在跟時間的資訊流動性。

聶｜很多人看到那個畫面可能會先有責難警察的念頭，單就靜態照片也容易自動將角色的強弱勢去想像；後來有更多聲音反指被取締的阿婆實是當地最凶惡的一個攤販，刻意在媒體前表現無辜。畫面如果沒有經過還原，就有可能發展出各種版本的故事。

黃 ｜ 所以我的意思是說，街頭每一個事件，你仔細再去挖掘後你都會覺得背後有很多可能，你所不知道的真相跟事實，

聶 ｜ 所以我們今天要講的是約翰·伯格[3]？（笑）

黃 ｜ 我以前對流浪漢是充滿負面跟不好的偏見，小時在鄉下，如果發現某一個人突然消失了，鄰居或父母就會耳語說，「他起肖了」或「去做乞食」，那時被灌輸的價值觀就是「這些人」為社會所不容，才流離失所。但歐洲不同，因為有社會補助，很多人是自願選擇這樣的生活形態，流浪漢是街頭的一種極端，那種極端是象徵人生不是只有我們以為的單一型態。街頭藝人也是，我非常喜歡看街頭藝人，跟流浪漢很相似，他們也是選擇有別於主流價值的過活方式。我在紐奧良曾看到一位有趣的駐唱歌手，他從紐澤西來，開著一台改裝貨車，所有的客廳廚房臥室都在貨車上，那輛車就是他的家，他開著車到世界各地，車上裝設了小小的吧台和鋼琴，宛如一座移動式的鋼琴酒吧。像吟遊詩人一樣在世界各地旅行、表演，藉由彈鋼琴、唱歌，或調酒，換取他的生活所需。我以前不會認為這是一種生命型態的選擇，這是街頭讓我看到過去所未曾想像的可能。

聶 ｜ 其實如果讓我想像街頭，我不會第一個想到流浪漢。我覺得只要附近找得到垃圾桶，桶邊還附有丟棄菸蒂的容器，對我來講那就是一個街頭。

黃 ｜ （大笑）這定義好特別！

聶 ｜ 我覺得有足夠條件放那類垃圾桶的，就是一個街頭。街頭的定義對我來講的確這樣就輕易成立，它可能是很平凡的任何一條街道，在我狹隘的想像中（笑），「街頭」這兩字帶來的訊號可能不會是在鄉野，而是在一個城市裡的影像意涵。這樣的街道除了擁有垃圾桶，勢必也擁有人車往來的存在與移動。這些基本的元素是我對街頭的印象，也可能來自很多我從小到大聽到流行歌的歌詞內容。

黃 ｜ 一個人走在傍晚，七點的 Taipei city⋯⋯

聶 ｜ 對啊就是優客李林的〈認錯〉（笑）。我在大學一年級時買了一張 Beyond 的專輯《這裡那裡》，前兩首歌分別是〈忘記你〉跟〈想你〉，聽到主唱唱著：「忽然發覺走在台北的街頭／這裡有跟香港一樣的時候」就覺得好有畫面，包含那張專輯的封面，是他們在天橋上走動著而看似不經意被拍下的照片，非常好看，對我來說那是明確的街頭想像。那組攝影傳播出街頭的氛圍，還順道包含了當時正流行的影像與設計的訊息。

（街頭的概念跟什麼的概念是相對的？）

---

[3] 約翰‧伯格（John Berger），一九二六年出生於倫敦，身兼文化藝術評論家、詩人、畫家及劇作家多重身分，著有《觀看的方式》、《藝術與革命》、《另類的出口》、《另一種影像敘事》等書。

聶 ∣ 街頭跟家或許是相對的，家是定點、沒有在走動的，街頭的概念比較流動的，街頭其實就是戶外。

我會覺得就是有一些櫥窗，然後可以消費的地方⋯⋯我小時候的台中縣太平鄉也是有太平鄉自己的街頭啊，有賣珍珠奶茶的地方是鬧區，每個鄉鎮都有比較繁華的自己的鬧區，哈哈我講完覺得自己好窮。

黃 ∣ 那來講一下小時候的印象好了，小時候的街頭就是一個可以逛街買東西的地方。

聶 ∣ 我的定義是只要有一間麥當勞、肯德基或茶坊，那地方就幾乎是鬧區，就是一個這樣的集合體，然後選舉宣傳車可以開得過去的街道。

黃 ∣ 我國中以前是住山上，我爸都會說：我們去「街仔」（台語）買東西。在我的想像中，火車站附近就是街頭，火車站附近不是都會有中正路中華路中山路那些很熱鬧的街市嗎，車頭附近有街頭！然後永遠會有一條大家過年前會去採購春聯衣服和新鞋的街道，裡面也一定會有一間阿瘦皮鞋啊、三商巧福啊、小林眼鏡啊⋯⋯

聶 ∣ 小時候只要有很多皮鞋店集中的那種街仔差不多就是街頭。

黃 ∣ 對對對，然後會販賣很多家裡用的服飾和棉被。你覺得是摩登城市，我覺得是很多民生必需品的供給處。尤其對小孩子來說，不管是珍珠奶茶或棉花糖。我覺得那代表一種新鮮（台語）。

聶 ｜ 新社？

黃 ｜ 不是，是有趣的意思。

　　　　　　　　　　　　　　　　（街頭是相對家裡的一個世界嗎？）

聶 ｜ 對我來講，家裡是靜的，街頭是動的。

　　　　　　　　　　　　　　　　（長大以後，街頭的意義有改變嗎？）

聶 ｜ 我覺得形式上沒有改變，如果要說有什麼意義的話，應該是指在哪個街頭發生過什麼事情、有什麼活動，像俊隆剛剛講到的抗爭。

　　　　　　　　（但當你變成一個大人，以前看起來很厲害的皮鞋街沒有改變嗎？）

聶 ｜ 凋零。

黃 ｜ 我想到的是南陽街。

聶 ｜ 長大之後再回去看那個街頭，會覺得什麼東西都縮小、變舊了，除非經過重建、店家門面重新裝修或易主，否則真的會感覺到對比的強烈。小時候看見的現代化，現在看或許已經步入凋零；那時候看到的巨大，現在卻縮小了……像「老倒縮」那樣。小時候看到的一切都是青春有活力的，長大後反而老

了萎縮了。

黃｜你講縮小，我的感受反而覺得是放大耶，跟生活經驗的拓展有關。因為長大後也許離鄉周遊各大城市，所見已經不再是年幼時那個小小世界的市井繁華，不知不覺，我們已經大到可以參與其中了。它的空間與意義愈來愈廣，各種可能不可能的事，人生百態都會在這裡發生，讓我漸漸學會用不同的角度看事情。

有一天下班時間，在忠孝敦化路口，我看到有位婦人在分隔島上賣玉蘭花，旁邊坐著小朋友，那景象很衝擊，路上所有行人都穿著光鮮亮麗的套裝，神情匆忙，就算經過她身邊也絲毫不為所動，非常強烈的對比。我在那漫長的紅綠燈等候時間裡，看到大家是那麼漠然，後來於心不忍就走過去買了一小束。我很想了解那名賣花婦人的心情和經過她的路人的心情。

聶｜街頭是每個人走出自己待的小世界，集合了各種不同階層種類喜好的人的地方。也就是為什麼在街頭我們身邊會經過各式各樣的人的原因。我對街頭的印象比較接近人群間的飄遊和晃蕩──如果要定義的話。我們之所以會從家中走出來，是為了某些目的，為了那個目的得要前往某一地方。這段移動的過程讓大家在比較便捷於通行的街上意外地交會。我們一直講街頭街頭，雖是街口的意思，但對我而言，更略化後就是「街」，當我們講到「街頭」兩字時，很容易被導到另一個更主流的想像或概念。最常見的就是一個抗議的場所之類。

黃｜從小看新聞或看電視被灌輸的觀念。

聶 | 像森山大道拍街頭，幾乎都是黑白，你看著他拍的街頭好像又影射了某種時代感，又產生另外一種感覺。我會比較把街頭當作一個直線形、多向、人群頻頻走動而本身也一直持續在變動的空間。也就是剛剛談到的更略化後的「街」。近年關於街上比較能讓人有記憶點的大部分都是些我們都可能遇過的人與事，例如用手點了一下你肩膀後便緊跟著你推銷保養品的小姐、發傳單、拿愛心筆用溫暖語術半強迫販賣的年輕人。這些又可以回頭去對照到我剛剛講的飄遊晃蕩，正推銷著東西的那些人，當下也呈現了另一種飄移與晃蕩的狀態。

黃 | 你說的讓我想到流動攤販，那是比較具體的街頭，來來去去有人走動，以前在魔岩的時候，公司附近的光復南路上有個麵攤，固定六點左右會在某個街口出現，只有那個時段，就賣簡單的切仔麵，也是記憶裡很重要的風景。

（會在街頭做什麼事情？）

聶 | 經過（笑）。如果有小吃攤我可能會走慢一點或停下來，或就近在路邊垃圾桶旁抽菸，通常不會有特別的目的，可能就百無聊賴隨便看看，也不會有什麼特別重要的人事物交集會發生。

小時候出門，在外面看到的整個世界都是非常新的，無論如何都會想要帶些什麼東西回來，或因為玩心、各類探索還有同儕間在不同地點的嬉鬧聚會，街頭對自己來說是個花花世界。不過長大之後什麼都變了，會覺得它只是個總在快速經過的地方。

黃 | 我覺得街頭反映出一座城市或一個地方的居民生活方式。舉個例子，像

露天咖啡座，之前的新聞，信義路捷運站快通車時，說街道要拓寬……

聶 |（接口）做成台北市的香榭大道……不過旁邊汽機車呼嘯而過，距離超近的，香榭大道個鬼啦。

黃 | 渴望把台北變巴黎啊！

聶 | 渴望被某種文化殖民而已吧。

黃 | 但背後還是可以回到跟當地住民的關連啦。因為台北有台北的生活方式，台北不是巴黎，也不見得轉角就有咖啡館和麵包店。

聶 | 我覺得只是想把別人的生活形態直接搬過來套上，就像房地產廣告一樣。但人家的街道有多寬啊，但台北的街道這麼逼仄，這樣很像小人國耶。
把外面你覺得很完美的 model，縮小移植到自己的地方，我覺得這件事很可笑，它不是自動形成的一個地文聚落，而是建立在「我想要把這地方變成什麼什麼樣子」的想像上面。
黃 | 源自過度不切實際的投射與想像。那不是台北的街頭風景，也不是台灣人的生活型態。我們很愛趕時間，沒有那麼悠閒。

聶 | 發表這些構想的人，他們沒有體認到台北市真正適合開咖啡店的地方，其實是在巷子裡面，本來就不會是主要幹道。

黃 ｜ 巷子裡面這觀點很好。人家的生活文化是適合在轉角，而我們的生活文化是藏在巷子裡面。

聶 ｜ 我們也有我們跟巴黎、紐約不同的地方。

黃 ｜ 台北人不是那種一入座就消磨整個下午的類型，台北人混咖啡館很多是目的性的，或許我剛好在兩個行程的中間，或跟朋友要碰面聊天，就找家喜歡的咖啡店坐下來。像紐約人就很愛穿著風衣拿著咖啡快速走路。

聶 ｜ 台北人也會拿著珍珠奶茶。

黃 ｜（大笑）對，晚上消夜的話還會加一袋雞排。很生活感的台北街頭風景啊，由夜市和流動攤販組成。像我就很受不了那種硬要把夜市遷移到室內建築的做法，因為夜市就應該是露天的，可以自由隨興逛逛吃吃，有台灣的庶民文化，移到室內就失敗了，只是美食街，但美食街跟夜市根本不一樣啊。

聶 ｜ 美食街跟夜市的差別在於美食街有制式SOP，雖然可以預期、也是美味的，但沒有驚喜；夜市就像每個家庭派出一名代表做菜給你吃，充滿刺激與期待。

（電影畫面與街頭的關係呢？例如《郊遊》的舉牌人。）

黃 ｜ 舉牌人或三明治人是台北很鮮明，讓人很有共鳴的街頭符號。

聶｜蔡明亮的電影一直都有，像《愛情萬歲》裡晚上的中興百貨樓下或《你那邊幾點》台北車站早期的站外天橋攤販，都是那時非常經典的台北符號。

黃｜我想起的是紐約人早晨拿著咖啡，匆忙低頭快步走在街上，兩旁都是高樓大廈的景象。

聶｜跟人的構成有關？

黃｜很容易撞到人，是我心目中的街頭代表畫面。

聶｜《慾望城市》啊（笑）。

黃｜我覺得很容易撞到別人這點也「很街頭感」，但我不是嚮往，而是很疑惑到底什麼事讓這些人忙碌成這樣？
這幾年，因為我生活狀態的改變，發現巷弄裡藏著許多個性小店或迷人的咖啡館，慢慢開始喜歡在街頭散步。你可能會無預期地遇見一些小店，當下就決定走進去。

聶｜哦，樹幹與它的分枝。

黃｜對。街頭就是車水馬龍的大馬路，但你可以轉進去，那又是另一個世界。
可能走著走著，就看到一面漂亮的招牌等等。
我現在還是沒辦法接受大雨天，以及老人家穿梭車陣中賣玉蘭花的景象……那

裡面透露出太多生命的無奈。但是我願意試著去理解。街頭就是整座城市的縮影,同時也是一種提醒——這個城市存在著不同的生活價值與生活方式的人。站在街頭,會意識到自己是這裡的一分子,我覺得這種感知是好的。

（那你走在街頭的時候,哪些感官是打開,哪些又是關起來的?)

黃 ｜ 耳朵、眼睛是打開的吧。但是鼻子最好遲鈍一點,譬如在巴黎或紐約的地鐵,往往有很重的尿騷味。黑夜的街頭特別有魅力,我覺得那代表冒險與想像。有一次凌晨三四點,唱完 KTV 從淨空的忠孝東路走過,看到騎樓下堆滿報紙,一落一落的,那些是等著早晨發派的當日報紙,那瞬間我意識到,原來在我睡覺的時候,世界悄悄地運作著。另一次是在舊金山,白天無比正常的街道到了夜晚,出現酒瓶破碎的聲音、流浪漢咆哮的聲音、年輕人喝酒聊天的聲響,他們群聚在角落、大馬路邊旁若無人的飲酒作樂,開起小 party,甚至彈吉他唱歌。但到了白天又恢復寂靜,剩下很多玻璃碎片,以及滿地的菸灰。

聶 ｜ 黑夜很美,你剛剛不是問說有哪些感官是打開的嗎?其實若待在熟悉的城市,我的感官有可能是關閉的,即使眼睛是張開的,卻可能因為熟悉使然而很久沒有使用到本來應該敏感的視覺。可是如果來到一個比較不熟悉的城市,感官就會一直開著,因為還不夠熟悉,便會覺得接觸到的東西都很 fresh、很美,因為感官還沒有對這個地方麻痺。不過任何一個地方的下雨天都會讓我的感官打開,我很喜歡這種天氣的氣味和迷濛。下雨天走在台北的騎樓裡,我反而興奮,覺得到處都濕濕濛濛的都很好看,國外的城市也是一樣。

可能是因為我覺得雨這個介質,它幫每個人都製造了距離,雨是由很多點狀的

水藉重力與速度連成視覺上的線構成的，它們的存在讓你彷彿被包圍著，圈出一個自己與他人隔離的安全範圍。我覺得雨天裡抽菸也很舒服。（補充：前提是自己要先待在有屋簷的地方。）

黃 ｜ 我再講一個好了，我以前很討厭紅綠燈，會很不耐。但是這幾年我還蠻喜歡等紅綠燈，不管是你當行人、騎摩托車或坐公車、坐計程車，你會看到身邊的人停下來，在等候燈號改變的時間裡，每一個人不同的動作，你會看到每個人面對「等待」和「街頭的下一秒」的心情很不一樣，有人很焦急，有人則很悠閒，漫不經心的……於是看別人在幹麼就變成我消耗等紅燈時間的方法。

（討厭台北街頭什麼部分？）

黃 ｜ 以前討厭計程車，因為我騎車，計程車對摩托車騎士很不友善，常常毫無預警地一下子就切過來，讓人驚嚇。

聶 ｜ 我比較討厭看到在路上開車加速往前衝的人，你會聽到馬達「嚕～～～」的一聲，會想說是在趕什麼路？最重要的是可能會造成其他人車的危險。

黃 ｜ 這個我也很討厭。

聶 ｜ 我也覺得它不應該存在在這裡。

黃 ｜ 我又想到一個，大樓外牆進行清洗作業時，水就直接滴下來，以為下雨

了，正要抬頭看的同時，又被滴到第二滴。逆向騎腳踏車的人也是……

聶｜台北市自行車道有很多莫名的地方，有時候跟著指標騎著騎著結果前面就是死路，或者常常需要避開障礙物而更換車道。城市裡其實常有這些莫名的設計，但往往我們早就已經習慣及麻痺了。

黃｜你根本沒有張開五官（笑）。

聶｜不過總的說，街頭讓人比較不舒服的其實還是人為的部分啦，像是禮貌之類的。

（有哪個城市街頭是舒服的？）

聶｜東京吧，就算東京速度很快很擁擠。我覺得日本的任何一個城市都是有秩序的，即便是在東京這麼趕的地方，你會覺得大家彼此還是保有著禮貌。

假設要做一本雜誌，
主題為「練習在街頭」，
你想放什麼影像在封面？

聶｜我可能會想到──雖然不是故意的，但也算是某種議題的置入：有人穿著雨衣站在大馬路上，連結到當初 428 忠孝西路用噴水車驅離群眾的符號與暗示。所以我的街頭練習反而是社運的那種「上街頭」，純粹就符號選擇而言。

黃｜我想到具體的畫面可能是仁愛路的林蔭大道，分隔島上有座椅，我想像在上面做一些很不像會在街頭做的事情，例如洗澡。

聶｜或是炒菜。

黃｜對，類似。就是一些很平凡、平常的事，我想要打破那種所謂的公共空間的想像，公共空間不是只會有老人坐在那裡餵鴿子，看報紙跟吃東西，我想打破空間的界限和階級的門檻，譬如說一群人席地而坐地聊天，去翻轉空間的運用，當街頭是流動的人生風景，有什麼是不可以在這裡發生的呢？像蔡國強的新作品，就是把在四方屋裡，私人空間發生的事大剌剌地搬到巴黎街頭。那個場域就會變得很不一樣。不是被動的遇見一些事，而是主動的去創造一些事。

聶 ｜ 像在一個透明空開的 studio，或者像是在玻璃屋裡面。

關於影像，我也還蠻愛看人家在陽台曬衣服，或哪邊的庭院裡新種了一棵樹。曬衣架上掛的各類濕瘤待乾的衣物可以推演家庭成員的組成、色彩喜好、品味，不是偷窺也沒有要犯罪，只是職業病。新植物則會緩慢地在未來產生形體上的變化。

黃 ｜ 我看的角度跟你不一樣，我會很好奇這個家庭或鄰居有什麼樣的成員和生活。

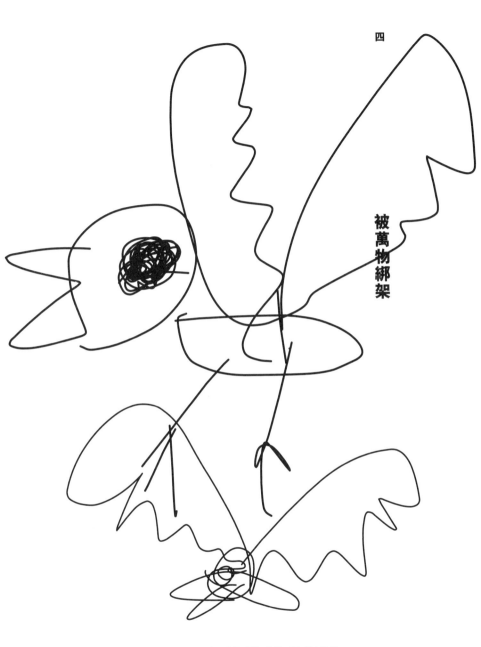

四

被萬物綁架

某種程度來說，綁架也是另一種形式的「被需要」與「被依賴」。

被萬物綁架

聶 ｜ 用「被萬物綁架」而不是「綁架」的原因是題目的指向比較明確，「綁架」兩個字可能太嚴肅了、也區分不了命題意圖以及主被動。所謂「萬物」又例如被政治綁架、被意識形態綁架等等，可以填入諸多名詞。我們現在正在過的生活有非常多的身不由己，即便是身心平衡、心曠神怡，但正活著的生命其實是被不斷進行著的現實所制約與綁住的，你必須、也只能向前走。

黃 ｜ 所以解讀上，它應該是指身不由己跟制約？

聶 ｜ 對啊，即便我們現在過得很好，很不錯，但我們都朝著一樣的方向前進，因為我們被逼得要往前走，因為我們得討生活、要繼續走下去。這樣的一個人生其實非常無奈，當然我們畢生都在學習面對此課題的調適、偶爾張開雙手接受哲學的療癒與解惑，不過終究無法改變的就是一個得被逼著往前走的生命，從你呱呱落地的那一秒開始，你就注定得這樣長大下去了並接受這個世界，別無選擇。

（如果要問「被＿＿＿＿綁架」你會在空格裡填什麼？）

聶｜可能被「活著」綁架吧。

黃｜（大笑）

聶｜因為如果可以選擇的話……你看我們開始對這世界有意識的時候，是我們已經被生下來一陣子之後的事了，我們不能選擇一開始時，要不要在一個母體裡成為一個胚胎，或選擇要不要成為一個有靈魂的生命體……我為什麼不能投胎成一顆石頭就好了，這樣我什麼都不用思考。（笑）
但當你有意識的時候，你已經被剝奪選擇了，你只能繼續，接著完成你的一生。

（你覺得生命不是一件美好的事？）

聶｜我們正在學習它是一件美好的事。

（石頭不能喝熱咖啡耶。）

聶｜石頭沒有知覺的時候，它連這些都不會想。

黃｜這個題目會讓我想到被身分／關係綁架，因為人生下來，無論是外在的名字，或與親人與周遭的關係，是恆定不變的。舉例來說，就算我逃到國外，一個地理上的遠方，我還是公司的老闆，我還是我媽的兒子，我還叫黃俊隆，

即便你可以隱姓埋名，但永遠在你的生活裡面，有一個與你相互對應的角色存在。那是一輩子都脫離不了的，人都被身分和關係綁架的。

聶｜你講的是比較後期，比較當下的東西；抽離了一開始所提身不由己這件事。這是另外一題了，把出生之始的生不由己先擱在一旁，聊聊正被綁住的當下。

黃｜那我再講另一個：被房子綁架。

聶｜是指被房貸綁架嗎？

黃｜不不不，我認為是房子。我所謂被綁架意思是指，你被剝奪可隨時轉換居所的自由。我前年的人生重大決定就是買房子，那時候我有個朋友跟我分享他自身的經驗，他說「買房子會讓整個人生感覺定下來」。

聶｜你就信了？

黃｜對，我就信了！可是買下來之後才覺得又要付房貸又不能隨意搬家，就覺得被綁架了……

聶｜去定義人生要定下來就是要害人家〔笑〕。

黃｜我有很多朋友習慣三五年就換一次房子，時間到了就想搬。我就是被洗腦說定下來就要有房子，有房子就叫定下來。

聶 ｜ 所以這算是被價值觀綁架。

黃 ｜ 對，價值觀也可能是一種綁架。

聶 ｜ 其實我現在覺得很自由。每個人都會遇到一些生活中不得不解決的事情、每個人也會有自己的調適機能，要看用什麼方法去調適這些事。我被綁的事情跟多數人是一樣的，例如必須要用工作來維持生活。需要去維持的原因是因為它可以讓你過得比較舒適一點點，我想多數人應該就是差不多這樣盡量地維持下去到老吧。不過不同的階段可能會有不同維持生活的方式跟念頭，也是很多人會有其他的方法。

無論如何，雖然我為自己的工作選擇或理念的實踐感到自由，但當下綁架我的仍是一個維持生活的粗糙現實。生活、生命得要先基本地持續下去，否則沒戲唱。

黃 ｜ 這不等於被工作綁架嗎？

聶 ｜ 不一定是等於被工作綁架，比較接近是被「維持生活」綁架。另外一方面也覺得被「才能」綁架。

因為自己知道你天生就會做、擅長做什麼事情，就會想要善用這個能力，把事情做出來。例如我的天分在設計，當然就會想要在老死之前，或者在把那些力氣用盡用完之前，努力地去使用它；不釋放出來，好像就白白浪費掉了，所以工作又有點跟這個綁在一起。因為我的工作另一方面是為了要把這些東西釋放出來。

黃 ｜ 你對綁架的詮釋好正面喔。

聶 ｜ 就像你現在在做的事情、他現在在做的事情……我們每個人都在把我們天生就擅長做的事情藉由工作釋放出來。當然我們在做這些事情的時候會覺得快樂，不會認為是被綁架，但實際上，我們在做這些事情的時候，從另一個面向來看，比較機能性的目的，其實是藉著這些能力生活與生存。

黃 ｜ 你講的綁架讓我想到「push」這個字，像你現在在做的與剛才說的，我會覺得認同的原因，也是在於不是只有工作的概念，還包括了你的才華如何被運用。從近三年來看，我感覺你更加運用你的才華去幫助許多相對資源較弱勢的團體，可能是獨立樂團或社運單位之類的，你其實大可不用參與，但我想你應該是私心願意認同他們觀點，也有回應的能力，然後就被推著去做這些事。

聶 ｜ 當別人找我的時候，我沒有覺得他們一定需要我，「被需要」可能也是一種綁架的概念，但這種被需要其實又早在自我認知的生命實踐範圍內。雖然我們常常都說活著不是為了要滿足他人，但是我們活著在做很多事情時，有時是因為一種榮譽感的意識，滿足他人其實是來自於滿足自己。好像有點後設。

（還有覺得被其他的什麼東西綁架嗎？）

聶 ｜ 生活雜事吧。但我想每個人都一樣。現代生活真的太多有的沒的東西了，處理水電房貸電話費瓦斯費買衛生紙東西修繕等等……就是被這些非常非常機能性的事務牽絆著，但是不可能不遇到這些事，而且（幾乎是）每個人都要遇

到。當你要去處理這些千頭萬緒的瑣事時，等於也被現代生活所綁架。

黃 ｜ 回到綁架，我覺得我的順序應該是被公司綁架得最嚴重。其實成立自轉星球是個我人生過程裡偶然的巧合，我不認為我天生就有這能力。假設重新選擇，我或許不會選擇創業。但是那個交叉口，我「選擇」創立了一間公司，然後才發現這跟生命誕生是同樣的事——你個人是有絕對選擇權的，但公司與身分不是，總不可能動不動就說不做、要收掉、要結束。當公司像生物一樣擁有獨立的生命後，事情就像滾雪球一樣愈來愈不可逆，我的感覺就像是被綁架了一樣。從此自由這件事就再也不可能完完全全照你渴望、你想像的那樣去擁有，你只能在有限裡面爭取到盡可能廣大的自由空間，或許是多添人手、少做某本書、開啟某個合作，但不可能再是百分百隨心所欲。這是我有一點遺憾的部分吧。如果我只是自轉星球的執行長而非創辦人，我相信相對而言需要被綁架的部分和可以選擇的自由都會不太一樣。
當然像永真講的後設，你已經先行排除掉一些事情，例如不想簽的作者、不想做的案子、不樂意面對的工作細節之類，的確比一般的上班族好一些，也相對有較高的自主性。

聶 ｜ 你是無奈的嗎？還是在有選擇的情況下你會覺得滿好的，當作實踐生命的極大值。

黃 ｜ 也可以這麼說，在現階段對我而言是綁架，但另一方面我也學會在這被束縛的限制中找到自由的方式與空間。或許也可以選擇取消掉那道疆界，解散公司去做我想做的事，例如教小學生打棒球，但在現階段而言，這可能並不是

最適當的選擇。

聶 ｜ 也不一定會讓你比較快樂？

黃 ｜ 對。我想未必。

（感覺被綁架時，有什麼方法可以讓自己透口氣？）

聶 ｜ 我會想要閉關以及跟外界隔絕。幾年前申請到駐村所製造的「離開」可以算一種，那時候的確是被工作綁架得很嚴重，以及被很多周遭的人期待。當時我覺得人生都和工作及人際綁在一起了，之前不是屢屢關閉 fb 嗎？就是覺得太煩了，太多事情消化不完。你知道嗎？我每天一早起來打開 fb 都會有七八個不同的訊息躺在那裡，有的沒的。光是要去完成點選信件匣、打開信來看的動作，就感覺是勉強而被綁架的……但基於責任跟犯賤還是要看一下，而在讀每一則訊息的時候，都深深覺得自己是被綁著轟炸的，有一陣子實在是太太太多了，所以我就索性關掉臉書，一旦不會有信件進來，事情的發生也就少了一個媒介。選擇直接隔絕，就可以短暫創造一個法外之地。

黃 ｜ 從被關係綁架這點往下延伸，很多是被人情世故綁架。人情世故藏在生活的褶縫裡，不可能充耳不聞，當然，沒有法律規定你不能忽略，但所謂的人情世故就是建立在關係與回應上。

聶 ｜ 或許老後，一切都收了，我的工作室收了、你的出版社收了，或者當人

家再也不需要你了，我們就再也不會意識到自己被綁架，不過同時也會覺得空虛，與被背棄了⋯⋯然後感覺到生命也差不多離 ending 不遠了吧。

黃｜從綁架變成被流放。被放逐。大家不需要你的時候，反而是另一種強迫，彷彿你應該要去深山養老

聶｜不過當你不被需要的時候，那個綁架也隨之消失。

黃｜某種程度上可以說，綁架是另一種被需要與被依賴。感情關係也是耶，很多人感情走到某個階段就會出現與另一半分歧的觀念，例如有人已經跟另一半交往很久，明明就很想結婚，但對方是不婚族，或情況相反，一方不想結婚，但對方因家族關係被催婚，最後就這樣簽下賣身契⋯⋯我覺得這也可以算是一種綁架。

聶｜兩個人被不同的認知與價值觀綁架，或其中一方被傳統思維綁架了。

黃｜就是一方配合另外一方，被迫配合的那方等同是被綁架。

聶｜不一定是男女感情，關係中的配合就是一種情感綁架。

黃｜我原本不想被房子綁架的原因在於，老家和父母都在鄉下，我始終覺得未來有一天，我不再被這裡需要，或哪一天想棄甲回鄉，我就會回到員林去。現在只要是重要節日，我都盡可能把時間留給家人，那是一種情感上的聯繫。

有一年我不在家過年，爸媽跟我都很不適應，過年和家人團圓是一件很慎重的事，如果沒有這個歷程，會不知道「年」是怎麼過的。這種綁架就比較像是牽絆，是甜蜜的。

另外一種是現實，如父母年老了，子女還是應該負責照顧。

聶 ｜ 台灣的社會福利結構不夠完整，也沒有像歐美的那種教育養成。小孩長大了的新人生，以及父母另外擁有自己的新生活之類的文化與機制。

黃 ｜ 台灣人仍習慣養兒防老，但慢慢會覺得國外的某些價值觀是值得參考的。像父母之前其實是被小孩綁架，但你都把小孩送上大學養到畢業了，在小孩長大的過程，父母是被綁架的。但國外有很完整的社會福利與配套措施，父母即便年老了也可以有舒適的生活，不見得跟小孩子住最好。

在傳統的觀念裡，小孩子獨立不是離家，而是他結婚，擁有了自己的家庭之後才算成熟，否則鄰里親戚間就會有一些壓力。

聶 ｜ （幸災樂禍）哈哈哈，父母也被傳統價值觀綁架得很嚴重啊。我會希望不受干預地把自己的事做好處理好，作為一種交代。包含我跟我媽出櫃，就是為了想要換取自由，不想再被期望，也免除我以後要跟他們交代這些事。

愛情有可能會……會有點麻煩（為難的表情），那個麻煩就怕會是一種時間上的奢侈與耗費。

以前不會覺得麻煩的那段時間，存在於學生時期，很多以愛情為主、悲觀或樂觀的想像可以去浪漫地虛耗。但是現在有很多生活或生命中更重要的事，是更實際的。愛情是很美好的一件事情，但是愛情產生的時候，意味對方的生命史

要開始進入你的生命史，就會有非常多需要調整的部分，例如對方一起帶進入的時間習慣或人際結構，都會帶來一些生活習慣的變化。

（優先捨掉和不會捨掉的？）

聶｜不會捨掉的：和家人的關係吧。無論在外面失去了什麼，這些從小到大的感情聯繫是不會捨掉的。工作的話反而在第二考量，只要有方法維持生活或生命的方法就 OK。當然目前已經有那麼一點成績，如果能夠延續下去或讓自己的才能被看見才不會可惜。

黃｜對照我剛才講的，如果我只是自轉星球的執行長而非創辦人，我相對會被綁架的事情和可以選擇的自由都會不太一樣。對我來講，或許現在年紀到了，直接辭掉職位就有新開始了。這有點矛盾，你一方面覺得自己的才華適合用在這個地方，另一方面又不想被綁在這裡一輩子。

聶｜現在會有這些 murmur 可能是因為我們在比較早的時候……大概三十歲前，很多人生的走向都已經拍／翻板定案，差不多以後就是這樣了。二十出頭的時候，一切還沒正式確定之前，我們有很多東西可以試。而現在拍板定案後的人生狀態也讓自己覺得，嗯，好像還不錯。所以現在當我們在聊「綁架」的時候，其實是在早已翻板定案的人生待了太久而產生的碎念。說實在大家都是渴望新鮮的，如果還有力氣，當然也會希望有些事情是不是可以不一樣。

黃｜在年輕時候的選擇，決定了我們現在的樣子。

假設今天你有一項被綁架的東西，你願意用什麼去交換？

聶 ｜ 我沒有想要交換。

（你對你現在的人生非常滿意？）

聶 ｜ 欸，也不是這樣子講。我覺得生命歷程本來就是不斷遇到各種意外，然後去解決的過程。沒有所謂願意不願意，即便不滿現在的人生，我都覺得生命是剛好的，我們走到人生現在這一步，成了目前的模樣。所以我不會有什麼想像的設定。
搞不好真的換了另一個生命歷程的話，也不一定會快樂滿意。

黃 ｜ 那我願意用我所有賴床的時間去交換教小朋友打棒球。（誰會相信！）

聶 ｜ 真的嗎？你有那麼偉大？（懷疑）

黃 ｜ 不可能啊。因為我就是會賴床啊！

（最近是因為有什麼感觸才會想到這個題目嗎？）

聶｜ 就是因為 fb。覺得被制約得很誇張，現在每當工作前，都還要打開 fb 瀏覽一下新聞跟朋友消息之類的。雖然我沒有把那裡當成社交圈，但還是覺得被綁架，尤其當我想到每個人都可以透過這個平台找到我、傳送訊息給我的時候。

黃｜ 那我怎麼可以聯絡到你？

聶｜ 之前你堵到我是剛好碰到我又重新開版。之前關版的時候好多朋友透過別的方式問我是不是封鎖他們了，大家是都那麼沒有安全感嗎？（笑個不停）

（你對失去和外界的連結是沒有焦慮的？）

聶｜ 在經濟無虞的狀況下。（笑）

黃｜ 今天一直出現這個大前提。

聶｜ 還有食物補充無虞。如果失去跟外界的聯絡之後就斷糧了無法生活，那當然不行。

之前很少關 fb 是因為我不知道要怎麼使用這個功能（笑），但最近百感交集實在太想關版了，所以我終於認真去搜尋了「如何關版但帳號無須刪除」之類的方法，學會了 turn on 跟 turn off 之後就可以應用自如啦！忙的時候就來關一下，人生又變得更自由一點！

黃 ｜ 那跟我出國有點像，因為有重要的事情別人還是可以找到你。

聶 ｜ 但人家是繞路來找你的，你依然可以在自己的堡壘裡面躲得很安全。我覺得有一個很麻煩的就是「已讀」功能，有些人先等待到你的「已讀」，就會接著期待著應該要有的回應，這樣壓力很大。平時線上聊天功能我都會關掉，但還是很多人會看見我的狀態是顯示上線，真的不知道為什麼（崩潰）。我還是覺得目前現在的世界是集合式的，雖然有時候會覺得很煩，但另一方面也覺得這個世界很好玩，很刺激。那些被綁架的兩三事都是它一併帶來的邊際效應。

黃 ｜ 身分是丟不掉的，你有一個聶永真的身分在，所以你不可能任意的幹譙某些人。

聶 ｜ 就算你自己丟掉了，大部分人對你的認識仍然在那邊。

（比較甜蜜的綁架經驗？）

黃 ｜ 我不知道這算不算綁架耶。就像我現在周末都習慣固定一定要比賽這件事，你覺得禮拜六到了，就是要早起，就是要去比賽，這是一種制約吧。到現在周末如果沒打棒球就覺得不像周末了。雖然會有點碎念，但其實是開心的。

Think Twice

你也被生活綁架了嗎？又或者，我們都自願成為「肉票」（對「活著」產生了斯德哥爾摩症候群？）。

換個角度看，你正在綁架誰？

還記得沒有 fb、Line 或微信等通訊軟體之前的日子嗎？

失去

所有失去當下的無法釋懷，都是來自「不甘心」。

失去

黃 ｜ 一看到題目我就聯想到《尋找甜秘客》（*Searching for Sugar Man*），裡面有首歌詞描述人生慘況：「聖誕節前兩週我失去了工作，我在下水道對耶穌祈禱，但祂說關我屁事」（〈Cause〉），這很適合作為我「失去」的註腳。我的就業歷程是先待唱片圈才跳到出版，在唱片公司滿受重視，但換到出版就很不順利。有家出版社很突然地對我宣布：「你就做到今天。」另一家原本要我去規畫一個全新書系，我用專業廣告公司的方式整理了市場分析，寫了好幾個企畫案，老闆十分滿意，但最後結論是自家不適合做這類型書系，我頓時失去留任的正當性。

確定不續聘後，主管交代我：為了不影響同事心情，禮拜天再進公司收拾交接。離職那天我記得下著大雨，一進公司發現主管也在，打包時，後腦勺老覺得有人盯著我。最後我把幾疊紙本文件丟到資源回收處，告知主管整理好了，他竟然問我：某本書的企畫紙本收在哪裡？——我若要帶走不會拷貝檔案嗎？何況企畫案都裝在我腦袋裡……我邊帶他去資源回收堆翻找，邊覺得超級荒謬。羅利葛斯的那首歌就讓我想到這樣失去的畫面。

聶 ｜ 如果我被解僱，一定會發瘋。

黃 ｜ 我覺得失去的是尊重。

聶 ｜ 失去尊重的同時也失去尊嚴。你有因此帶著恨或在心裡暗黑地想說：「等我有一天／總有一天」嗎？

黃 ｜ 我覺得有恨的因素在裡頭。

聶 ｜ 暗黑的這種恨，變異於你的自信與能力被拒絕了。你覺得一定可以把這件事情做好，但卻沒有被「好好對待」，所以這種事發生在有能力的人身上，一定會帶來更大的不原諒。

黃 ｜ 還有失去信任。我耿耿於懷的是努力提供那麼多專業建議和企畫案，最後卻連考慮安排其他工作給我的選項都沒有。後來有天我去談合作，恰巧在樓下遇到前主管，他劈頭就說：「恭喜啊！書賣得很好……」不過我已經不在意了。經歷過「痛苦的失去」，你怎樣評斷，有沒有稱讚或對我講什麼，在當下都已經是過去式。對我而言早已經完成失去後的療癒過程了。

聶 ｜ 我並沒有想到這兩個題目的關連性。

（所以對你來說「失去」是一個帶點詩意的字嗎？）

聶 ｜ 不是（斬釘截鐵）。它是一個代表虛空的字……

黃 ｜ （大笑）

聶 ｜ 是一個心理空虛的狀態，因為丟掉了、少了個東西。看到這個題目的時候，我（第一個反射性）想到的是「不可避免的別離」。可能不是那麼具象，應該是跟「感情」或「關係」有關的狀態。

然後……關於感情（欲言又止），就是我們在自己的人生裡面，可能從來都不會想過，原來有機會那麼愛一個人。可能初戀的時候有這樣的機會，但是後來因為長大了等等之類的，不一定能夠像初戀擁有純度那麼高、那麼簡單的愛；當然來日方長，我們總還是會在生命中陸續遇到一些讓自己愛到「卡慘死」的人。

我們會在人生中經歷很多不同的伴侶、情人，但是當你在講「失去」的時候，腦中的影像一定正直指著你心中最愛的某人的臉。過分（度）的愛會讓自己的心失衡，如果你曾非常地愛那個人，讓你感覺到對方回饋給你的愛不夠等值（但也有可能是每個人的個性與頻率本來就不同的關係），若自己不夠成熟，就容易把很多事情放大。在我大三到研究所的那段時間，有一個真的很愛的交往對象，因為很愛，所以心裡常常充滿了猜忌、吃醋或不安等情緒，害怕他離開、害怕失去他，我的過度的愛導致自己的心理跟行為完全失衡，逼得對方壓力愈來愈大，最後兩方瀕臨崩潰。

後來我們一起考入同一個研究所，我跟他的關係卻已接近「終止」，即使知道他已經對我感到乏味、不再愛我，仍想擁抱、碰觸他，常常表現可憐輕易地對他立下各種承諾例如：發誓自己會收斂、自己會修正、自己可以做更好更理性的人……。我想任何關係的苟延殘喘總是由於當事人還不甘心於「真的就這

樣結束了嗎？」或「你說不愛就不愛了嗎？」許多時候，關係的結束其實是自己帶來的，經過屢次戰爭般的摧毀，大家害怕了，感情也早已不復存在。
最後是我自己選擇放棄，我受不了自己了，到學校辦了休學，決定切乾淨、重新開始。現在偶爾接受訪問，談到為何那時休學，「案子多了開始變忙、無法顧及學業」泰半是我比較常帶過的回答，其實另一半原因是感情因素。

黃 ｜ 所以你掙扎了多久才做這樣的決定？

聶 ｜（沉默）其實我們大概耗損了一年，我一直不甘心以及不斷地求證著我們之間愛情的剩餘存在，真的是好累哦。後來經過很多年的時間沉澱後，我們終於變成「沒事」的朋友了，大家都已經釋懷，時間上的中斷跟呼吸真的有幫助。其實我很早以前就失去他了。
那時候也不會想像到，未來或許還會有機會遇到下一個很愛的人，或者下下一個。當下根本沒法理性地去思考這些啊！只會認為此生的最愛差不多就到此為止了。當初的研究所休學，其實是我自己製造的一個正式失去的跨界儀式，唯有這樣才能救自己一把。
從此以後，他也成為我定義「失去」的一個 icon。多年後自己終於變得比較成熟跟釋懷了，因此面對後來其他新的關係的建立，會較理性也更有同理心，當遇到一個人為你瘋狂的時候，你也能設身處地去理解為什麼會這樣──是因為他真的很愛你。

（所以現在不會再愛得那麼毫無保留了？）

聶 ｜那次之後，我很害怕兩人關係中的耗損，覺得生命真的好容易浪費。現在會希望以雙方心理舒服為主，「愛」要建立在共處愉快、理解與相互體諒上。現在往回看，我會覺得失去得好啊──我們本來就個性不合。

我相信滿多人在比較 junior 時期的每段關係中，就算知道彼此個性多不合，就是會不想面對這個事實，我們總會覺得一切都沒關係，因為有心就可以在一起。我們常這樣說服自己：「這些東西都是可以改變的」、「我們總可以為對方幹麼幹麼」，但是當年紀又多走了幾年，只知道生命不該再為了那些因為彼此屈就而導致不快樂的情況而失控。「失去」終究還是帶來了「獲得」啦，雖然成本高昂。

第二個失去是我爸的去世。因為我爸年紀比較大，他是民國三十八年隨國民政府撤退來台的外省人，跟我媽結婚時他已經四十幾歲了。我讀國小國中的時候，我爸到學校來，同學有時也會問：「欸，那是你阿公喔。」我讀大學的時候，爸爸年紀已經愈來愈大，也年邁了、退休了，不太能工作了，所以總會擔心著，會不會很快就要失去他，一直都以為自己是有準備的，知道會有這一天的來臨，但你沒有想像到，這一天真的來的時候要怎麼面對。

在台北開始工作後我一直都忙，每次回台中總是很不從容。後來爸爸生病住院，本來全家都很樂觀認為他很快會康復出院，準備等他返家後使用的復健儀器也都買好了。結果他還在醫院的有一天半夜，在睡夢時因為心臟衰竭，心跳就停止了。我媽那晚趴在病床旁睡覺，第二天一早才發現他手腳已經冰冷。我清晨接到電話，坐車趕回去，院方保留爸爸離開前的最後一口氣，特別等我到了才把呼吸器拿掉，一看到他，我摸著他的手崩潰大哭……

我從國中之後幾乎沒有掉過眼淚，那是長大後的第一次。看到爸爸躺在那裡，曾經跟你交疊、參與過的一生，就這樣結束了。

可能因為年齡差距大，從小我跟爸爸都沒有太多對話，他其實對我們很好，但不擅言辭，偶爾回家看他，進門就僅僅是簡單打招呼，問我最近怎麼樣。大家都很害羞，從沒說過我愛你，到現在也不好意思跟我媽說我愛你，就覺得害臊彆扭。我從來不知道「消失」的感覺會那麼地明確，他的軀體還躺在那邊，但是火葬之後再也看不到他，再也聽不到他說話的聲音，一個人的形體就這樣永遠消失不見了，那是我人生中第一次體會到如此巨大的不可逆性。

之後我有時會夢到我們一家人如常吃飯、對話的情景，夢裡面一切正常，爸爸一直都在，記憶停留在未曾變異的狀態。醒來後才意識到：對啊，爸爸已經去世好幾年了。

黃｜這幾年還會嗎？

聶｜都還是偶爾會夢到。夢到的時候其實都是好夢，醒來後都會覺得是開心的，因為看到了他。

這個失去是不是有改變我人生的什麼自己不知道也不確定，因為我了解人生的最終……如父母、家人、另一半……總會一一地互相告別、彼此失去，這會改變什麼嗎？好像也不會。

黃｜不管是感情、家人、工作或尊嚴，其實所有失去當下的無法釋懷，都是來自不甘心。

講到死亡，回想起來在我奶奶離開之前，我對死亡的認識都是從電影、書籍等文本去理解，對死亡僅有「想像」，可是當這天來臨時，就像永真講的，你會驚訝於那種突然的失去，鮮明而具體的「不在」──為什麼從今天開始，人已

經不在了……

我奶奶離開的時候，情境跟你很像，是我爸打電話告訴我。那時候我正帶彎彎環島巡迴，家人知道我忙，等奶奶離開後三四天才跟我講。我爸打來，先是哭，然後叫我名字，第一句話是：「汝緊返來。」接著說：「你阿嬤離開了……」話剛出口就開始嚎啕大哭，我腦筋一片空白，立刻趕去坐火車。

獨自坐火車回去的那段路程，我不停在心裡揣摩等會兒該怎樣做——我有沒有辦法接受某個人今天開始在你生命中不存在這件事——小時候，如果有親人離開，遺體通常停放在大廳，然後子孫必須跪著匍匐地爬進去，這個畫面意象很鮮明，就像阿公去世時我躲起來發抖一樣，那時還太小，不知道發生了什麼事，就是覺得可怕，死亡很可怕。

車子開到老家三合院時，我一下車，我爸走上前，邊叫我名字邊哭……看到我爸跪著，自己也跪著，很傷痛，但反而哭不太出來。我爬進大廳，叔叔問我要看阿嬤嗎？我說好。他們掀開給我看。坦白講如果現在讓我選擇，我寧可不看那最後一眼，因為過了好幾天，遺體的臉都變形了。

聶 │ 不是美好的樣子？

黃 │ 對。所以如果我再回頭去選擇，那個漫長的搭車回去，以及爬進大廳的過程，我都能承受，但我不願意再去面對說她軀體已經變成我認不出來的樣子，太痛苦了，你看到的是「痛苦」。但是我們的習俗是到送葬的那天，所有的女性子嗣包含我媽，都要去幫離世的親人換衣服。我自己有陰影之後再去想像那種情況，其實是很難承受的。

聶 ｜ 失去這件事情並不是……像我們之前聊到陰影，可能帶來的是喪失尊嚴或者恨。陰影通常是在負面的情況下造成的，但失去不是，無關好或壞。失去有時候是無法控制的，泰半我們不是自動想失去。

黃 ｜ 對。我覺得相對起來其他失去都還好，但當下一定沒辦法接受啊。其實我在紐約失去行李箱……

聶 ｜ 這很具象啊！（笑）

黃 ｜ 裡面有詹偉雄要我幫忙從波士頓球場帶回來的紅土，行李箱報失後詹偉雄只顧傷痛他的紅土沒了，完全不介意我遇到什麼危險。

聶 ｜ （狂笑）

黃 ｜ 可是我那時候當下就真的覺得：幹！有 ipad 又有現金，更重要的是有一些東西是沒有辦法再重獲，那時候就蠻痛苦跟懊悔。後來紐約警局找到行李箱，叫我去認領……

聶 ｜ 可是裡面是空的？

黃 ｜ 是空的……失而復得的行李箱，裡面空空如也，於是我就開始大肆採購想補回我失去的。回到台灣之後，儘管那些東西對我來講似乎已經可有可無了，但還是覺得超恨的，我失去了那顆球、失去了那件衣服、失去了那本筆記

本，或失去了那些東西……就是不甘心，我辛辛苦苦收集了一個多月，那麼多的東西：所有的票根、車票、機票、博物館的入場券之類的，那些都是我記憶的一部分，怎麼可以這樣？！

聶 ｜ 老實講，失去這些真的不會影響你的人生。

黃 ｜ 不會。回到台灣之後，慢慢發現：這些東西今天如果你跟我要的話我還是可以送你啊！
但是當下沒有辦法釋懷，就是不甘心。我就是看不到它！（repeat）
家人的離去還帶情感，那情感是比較強的，但那些東西一旦失去，等於失去記憶，但記憶也是一種情感嘛。你有錢還是可以買回來，但買回來就很蠢，因為你終究在那一刻你已經失去了，因為你重買已經不是一樣的東西了。
那個當下只是一種自我安慰的行為。其實沒有失去再重來這回事。

（失而復得還可以稱為失去嗎？）

聶 ｜ 失而復得……應該 by case 吧！（笑）
我也不想失而復得那個情人。因為當下的「失」已經讓你的情緒都走樣了，後來又「得」……好啦可能也是看人，有些人會希望可以失而復得吧。
侯孝賢《最好的時光》裡，幾段關於兩人愛情間的隱晦細膩或單純，或者像他更早期電影裡的時空背景，父母輩那個年代的愛與思念，真的是非常地簡單美好，那種簡單讓彼此的心與情感關係沒有機會去變得複雜，愛是扎實的，那個時代有我羨慕的美好。

有些人會期盼自己可以回到最單純的人生時期，但是最原始單純的自己卻有可能對這個時代過敏。

黃 ｜ 最近看彭明輝的書，裡面提到「人生是否只有要追求快樂這件事？」他說，你會想要回到小時候天真無邪但什麼都不懂只有快樂的那種時光嗎？不會，因為那樣子的人生不是完整的人生。雖然沒有痛苦，也沒有辦法面對外在的喜怒哀樂，那不是你人生的意義跟目標。

剛才講到失而復得，譬如友情，到了一定年齡之後，比較能意識「每個階段會有不同朋友」這件事。例如去參加同學會，一桌的人彼此都播手機影片、都在談小孩、都在談論誰的頭銜如何如何之類……那一刻你會發現其實你已經失去了原本在學生時代單純的友誼。我的吉他老師也說他怕去同學會，因為同學話題都是小白球，他沒有興趣……

聶 ｜ 小白球是什麼？

黃 ｜ 高爾夫球，其實是一種類似名片的身分象徵。但是他又覺得可能是——要面對「完整的社會人生」就是這樣。你必須去適應，你已經意識到失去了曾經單純的同學。不管去或不去同學會，那個當下還是會意識到原本誰的樣子，或者自己的樣子，都已經是失去的狀態……我現在不會想要朋友失而復得，因為每個人都有自己的人生歷練和選擇。

我小時候有一個志同道合的同學，那時候很傻，電視看太多，所以有一天放學就和另一個同學總共三人，去廚房拿碗然後拿水果刀，歃血為盟，結拜為兄弟……

聶 ｜ （驚呼）

黃 ｜ （補充）但沒有真的割，就只是放東西……

聶 ｜ 是覺得自己活在義氣的光輝裡嗎？

黃 ｜ 對對對。後來我離開家鄉，這同學當上了里長，有一天我聽到鄉下傳聞，說他有外遇，第二年里長就沒有選上。重點是──選里長的時候他打電話給我，拜託我投他一票，結果我沒有回去……我現在可以比較釋懷，因為我們的人生已經分岔得太遠了。

聶 ｜ 小時候真的離你太遠了，然後以你現在的人生，應該覺得小時候的那些都是兒戲。

黃 ｜ 其實我覺得所有的事情都一樣。現在唯一面對的方式是，剛剛開始擁有的時候，你不要把它看得太重。

聶 ｜ 是打預防針的心態嗎？

黃 ｜ 對。我舉個例子，我有個朋友前一陣子很想養一隻流浪狗，但她先生跟她家裡沒有任何一個人肯讓她養狗，她就頻頻在臉書上貼這隻狗很可愛的照片，一直想養，後來總算獲得家人的同意，沒想到正好前一天狗就被領養走了。她覺得好痛苦喔，我就跟她說，可是你根本連擁有都不曾，你根本就沒有所謂

的失去啊，那有什麼好痛苦的。

聶｜她是站在一個預購的角度，啊！預購沒有趕上。

黃｜（大笑）她預購了，但沒有放入購物車。

聶｜預購一定要放入購物車才算數。

黃｜你講預購很好笑，就跟我在美國買球賽門票一樣，我看一百塊美金的時候，就想說再觀察一下，先點，放入購物車，結果下一分鐘再去看……變兩百塊了！或者想要的位子都賣完了！（崩潰貌）那個最好的選項已經不見了。

聶｜但你已經放入購物車了？

黃｜沒有結帳。

現在有絕對不能／
不想失去的東西嗎？

聶｜沒想過這一點耶，就很多東西勢必會失去，所以……

（補充：可以是抽象的東西。）

黃｜我覺得是對某一件事情或生活中的任何一件事情，不管是工作或什麼都好，就是失去對生活的熱情，我好像沒辦法……
當然不同人生階段，到底哪些東西會帶給你熱情，都會不太一樣，也有不同面向，例如說有時候是工作，有時候是某本好看的書，有時候是家人相伴的時光，甚至是放空，那些都是你面對生活時熱情的來源，但是我如果失去的話就會覺得說很慌。

聶｜好吧，那我害怕失去公民的權利，這是非常非常基本的。

黃｜那我可以重講嗎？這樣比起來我好小清新喔！

聶 ｜ 我覺得這是非常基礎的，每個人類都必須公平握有的東西，無論在哪個國家，這個東西可以給你自由跟快樂。這也是非常合理的，生而為人的基本權利與保障。然後任何政治結構都無法超越這件事情，任何意識形態也是。如果推展提及到中國香港間存在的體制自由之爭，我更確定台灣的民主體制實踐不能失去。

黃 ｜ 你講的就是讓我想像到，這是更巨大的自由。

聶 ｜ 很多人可能覺得只要開心、剛好、生活過得幸福美滿就好。但不是每個人都一樣，有些人終其一生都得不斷地為自己爭取公平的權利，因為那些權利並沒有在人生出來的時候就被賦予。憑什麼生而為人，我在一開始所擁有的權利就跟其他人不一樣？這是讓人很不甘心的一件事。比如說我們都會覺得基本公民權利的握有是很正常的一件事，但是為什麼回歸中國後的當今香港人就理當失去？對很多人來說這些極其基本的東西，卻不是每個人都有感的，當關係到自身權益的時候，才會意識到要為這些權利的爭取而努力。不過這些東西怎麼會是要透過爭取才能來到的呢？它們本來就應該要存在於文明社會的基礎跟憲法的保障裡面，更不需要荒謬地「經過他人同意」才能獲得。

黃 ｜ 這讓我想到，人真的不能失去基本的尊嚴。被當一個正常人看待的那種尊嚴。像上次去美國，就意識到很多東西都不是理所當然，或想像中那麼美好，因為我在美國看到種族歧視的問題還是很嚴重啊！人們嚮往西方文明，覺得美國是自由民主的代表，但許多時候其實還是充滿歧視，對階級和階層的歧視仍然存在。

聶 │ 我們都以為世界已經很文明了，但是還沒有「夠文明」。

失去之後想盡辦法的贖還，是徒勞嗎？

過期

關於過期、過氣與老派，那些終將被時間流淌而過的每個當下。

過期

黃 │ 前幾天去看我的吉他老師表演，結束之後就先去熱炒店，接著又到 PUB 鬼混。回家後感觸很深，年輕時追求明星，跟那些藝人、樂手去 after party，看他們幕前幕後的點點滴滴，可以貼近他們舞台下的生活，那種生活方式在年輕時覺得很時髦、很炫，這次去竟覺疲累，看他們在那邊打屁、喝酒，唱一些五四三的歌，像是我二十年前在過的日子。現在看來，會覺得他們怎麼還在做一樣的事？對我來說，偶爾進來一下很新鮮，覺得是老派，但已經沒辦法待在這種生活裡面。

年輕時，每天鬼混、過夜生活，晚上去的永遠都是「墳場」，現在「墳場」都已經變「操場」了。以前還有一些藝人或朋友會去，我們就開玩笑說墳場都變操場了，這麼健康你們還去幹麼？（笑）

聶 │ 這些也都是我的記憶之一，帶勁的酷時光之類的，維持最完美記憶的方法或許是見證到每一個見好就收的狀態，偶像們也是。

黃 │ 我曾經跟同事討論過有關食物過期這件事，過期食物她是照吃的。她說

過期只是賞味期限的差別，並不是真的不能吃。因為我冰箱裡的東西常留到過期，一看到那些有效期限的數字就會很敏感，好像吃了就會拉肚子。聽她這樣說之後，我就比較心安，覺得只是變得比較不美味。

聶 ｜ 我也常常因為一時心動，就把一些東西買下來，可是買回來也不是真的有時間吃。

黃 ｜ 有一次因為一條絲瓜二十元，又買一送一，我就帶了兩條回去。第一條好不容易一個禮拜吃完了，第二條在冰箱放了兩個月，某天打開冰箱發現怎麼有顆黑黑的東西，就是那條絲瓜（笑）。相較於食物的不敏感，我對於感情的期限還比較敏感，有時候回想以前談的戀愛、把妹方式，或者追求對方的方式，都覺得超老派的。

聶 ｜ 現在呢？還是一樣老派嗎？還是你覺得現在的把妹方式很 OK ？（大笑）

黃 ｜ 如果以後再來看現在，一樣會覺得很老派吧。有時候自己會有盲點，譬如說情人節，我就會去問朋友要送什麼禮物？聽到送花跟巧克力時，我就會覺得他們思想好老派喔！

聶 ｜ 那你幹麼去問朋友這種事？所以是老派的人都會去問朋友（大笑）。

黃 ｜ 也不是，有時候朋友給的建議，我也不見得接受。我覺得老不老派有時候是認知的問題，比如說送花或燭光晚餐。

聶 ｜ 對我來說比較容易覺得過期的是雜誌吧。雜誌的訊息都是很時效性的，但也要看雜誌的類型，如果是設計、流行類的就非常容易淘汰，那種即時資訊的可能幾個月就過期了。但像文學或是訪談類的雜誌，就比較可以保存下來，沒有時效的問題。我覺得文字的保存期大約是十年，比如說十幾年前我覺得誠品書店的文案都非常好看，現在回看當然就覺得有點老派。在這個時代，若仍能看見不斷複製的、當初的那些誠品文字語感，消費者便不再會有任何感覺。藉時間變動的環境之下，每個流行都會因為被過剩的複製而淘汰。

黃 ｜ 因為我不是追求流行的人，所以常去買過季運動品牌的服飾或配件。像美國運動產業很發達，流行的球星或是戰績很好的隊伍，可能隔年就受傷或戰績變爛，而且美國球員太多，汰換快，所有的周邊商品很快變成過氣過時的，就會變非常便宜。像鈴木一朗在台灣跟日本人眼中，是一代傳奇球星；但對美國來說，只是你們東方人自己覺得厲害而已。現在再去蒐集松坂大輔或鈴木一朗的東西，有一點老派，但那也是自己品味的選擇，雖然它可能已經被時代淘汰，但只要自己覺得有特別意義就可以了。過氣跟經典之間，沒有絕對的。

聶 ｜ 就視覺面來說，我會覺得經典就是現在看還是會覺得「嘖嘖，想要」的東西，如果不在這樣的範圍裡，就會覺得已經麻痺或退燒了。「過氣」往往帶有情感與時間的經歷成分，而且比較負面，標準的判定往往都加入了個人觀感，當我們言及「過氣」或「過期」，多是被指向的那個對象釋放出了負面、讓人不悅而想把它打入冷宮的某些特質（笑）。這兩個詞作為形容詞，本來就帶有攻擊性。一般過氣都是形容人，但過期比較是物件的形容、不會有那麼多情緒，就只是時間的變化而已。如果把這兩個詞放在人身上，便成為了毫不留

情的形容詞。很多年紀較大或待在演藝圈較久的藝人，只會被稱作資深藝人，但是一旦看到過氣或過期兩字被用在他們身上，就會察覺到語句中的批評性。

黃｜我忽然想到許舜英的《大量流出》。以前覺得很酷，整本書的設計感在當時真是經典（**聶｜**現在我還是覺得是經典啊！），可以討論的是，我們覺得是經典的東西，可能現在年輕人看來覺得沒什麼，因為如今這類東西他們看太多了。可是如果再對應到它出現的那個時代，就不會用「過氣」形容它。

聶｜如果知道它發行的年分，一樣會覺得它很厲害。就像以前中興百貨的廣告，現在看還是很厲害，很多人還是做不出來。

黃｜那時候講「到服裝店培養氣質，到書店展示春裝」。現在大家常逛誠品覺得沒什麼了，可是在那年代，中興百貨這個意識形態（廣告公司）的文案一推出，我覺得好屌，怎麼會有人提出這樣的主張跟價值觀的廣告！最近「全聯」的廣告，多少有點複製中興百貨的那套策略。

聶｜意識形態的廣告現在看還是會覺得很厲害，因為它那時候的文案加入了某些學派理論，或女性主義的一些觀點，有很強的消費心理論述，不會因為文字和修辭而過時。有一句「正因為有大野狼，小紅帽必須要有更妖嬌的小紅帽」的文案，主導了破除迷思、反男性宰制的性別意識主張，所以這句話永遠都不會過期。之前中興百貨的另一個 campaign 文案「經濟不景氣不會令我不安……缺乏購物慾才會令我不安」也讓我覺得經典，到現在都仍然成立，它在講欲望，欲望的本質不會因為整體社經環境的變動而有任何改變。

黃 ｜ 剛剛講到設計還有老派，我想到「左岸咖啡」的廣告。以前咖啡對應到「左岸」會覺得很時髦，那時候上班前都會買一杯。最經典的是：「我喜歡雨天，雨天沒有人，整個巴黎都是我的。這是五月的下雨天，我在左岸咖啡館。」喝咖啡變得好浪漫，可以聯想到很多畫面。現在流行手沖咖啡，再看這個廣告有點老派，但還是很經典。

聶 ｜ 你有想過自己過氣的時候嗎？

黃 ｜ 其實到了這個階段，也明白有一天自己會過氣，別人可能也不會再欣賞和認同自己的想法。只有身體是最現實的，從二十、三十到四十歲，很明顯可以意識到身體的反應變化。我現在跟小朋友打棒球，可以感受到他們的體能跟好勝，那種求勝心不是自己這年紀的身體可以負荷了。

聶 ｜ 他們應該會想說那個阿伯怎麼又來了！（大笑）

黃 ｜ 我現在開始每個禮拜進健身房，雖然被小朋友叫阿伯，但至少要有一個面子的尊嚴（笑）。至少在五十歲的時候回想起來，就算四十歲被小朋友叫阿伯，可是跟他們打球也不會輸。也許是因為已經意識到五十歲的時候，也許就不會想要再站上球場跟學生球隊比賽了。人生不同的階段都會有無法再做的事，到時只好跟他們說：「阿伯打過的球，比你們吃過的飯還要多。」（大笑）

聶 ｜ 這句話超老派的，阿伯超愛講這種話！

黃｜有一次我參加一場比賽，遇到以前職棒時代的明星球員，那場比賽要看證件，他覺得自己是球星，被要求證件很丟臉、被汙辱，就大罵主辦單位「我都可以當你阿公了，以前我在打球時，你都還不知道在哪裡勒！」

聶｜新一代的人非常討厭年紀大的人提當年勇，年輕人都會覺得好了啦，一聽到就會抗拒了。

黃｜他氣沖沖回家拿證件，再來的時候，有人跟他說「叫我阿公來也一樣啦！」真的是一提當年勇，馬上就被吐槽。

聶｜任何人總有一天一定都會過期，但問題不是這總有一天，而是如果可以清楚地早知道這件事，等時候到了就不會有太多感傷和不甘願，因為你早已準備好。時代本來就是藉著汰換在運作的，自己要懂得 fade out。

黃｜以前會恐懼被淘汰這件事。前幾天跟朋友聊創業第五、六年時的工作狀態，當時幾乎睡在公司，假日沒事也會進來，甚至把自己家當工作室，當時不會覺得怎樣。像是做《練習》雜誌時，一有想法就想馬上去做，有一種時間的迫切感。但現在回頭去看，覺得當時真的太變態了，不可能讓自己回到那種生活。但在那階段，會感受到時間的緊迫與可能被淘汰的壓力，感受到被環境趕著走的生存氛圍。

聶｜我不覺得我被追趕。以我這個領域來講，這個時代的年輕人，各自都在追趕一個更好、更強的目的，讓自己成為一個獨立不同於他人的設計師。

黃｜現在有很多記者會問我，做了這麼久的獨立出版，有沒有可能會被後來這些獨立出版社設定為目標？有沒有感受到被追趕的壓力？

聶｜只有被競爭而已吧。

黃｜當你走過了十多年，要追求的很單純就只是在出版這一塊想要做的事情，不會因為新出版社成立，就認為是假想敵，覺得人家把你當目標了。應該是各自有各自的目標在追求，沒有必要把所有事情放在同一個跑道上，看作是「追趕」。

聶｜這個時代最值得褒揚的不是誰超越誰，而是大家把自己最會、最獨特的事情做出來。

黃｜傳統時代只要你在某一條跑道上奔跑，永遠覺得後面有人在追趕你。如同上一代被灌輸的觀念──只要不認真、一疏忽就會被追趕上。

聶｜對啊，為什麼是追跟趕呢？想到就覺得好傷悲喔，怎麼不是自己跑自己的？

黃｜因為他們是這樣起來的，害怕自己手上的權力喪失，才會有這種焦慮感。我覺得應該是多重跑道的概念，好幾條跑道，每個人都跑自己的，他跑一圈你跑兩圈，根本沒有誰追誰。

聶｜我會覺得是一塊很大的空地，也沒有跑道，大家就各跑各的，也不用比較。

終場亂談

在記憶中，
當時很著迷，
可是現在看起來
是過氣的東西。

黃 ｜ 我想到對發票這件事情。因為自從改成熱感應紙那種小發票，因為太難收藏，就算對中了也常過了兌獎期限，到後來就完全不對發票了。不過像我爸媽以前有一個大塑膠袋，裡面就裝發票，他們有個樂趣，只要一到開獎那天就會去對，完全不會有過期這件事。
我覺得這件事對我而言，跟冰箱常有過期食物一樣，就是懶惰人生的宿命。

聶 ｜ 我以前一直都有在用日誌本，一直到 smart phone 出來為止，我便開始使用 i-calendar 同步電腦去鍵入日常要事了。對我來說這個不是所謂的淘汰，只是使用方式的改變，以前用日誌本的時候，沒有做完的工作只能先把原定的排程劃掉後，再跳至別的日期格裡重新寫入，所以整本看起來很亂。現在用 i-calendar 若遇到行程的修改或完成，就會直接更新、移到他日或是 delete 掉。我仍然有在使用紙本，比如說畫草圖，電腦不易信手塗畫，紙本則是方便隨意落筆的。但就文字記事的話，反而電腦比其他方式來得更便捷。我不是不愛在紙上筆記了，而是我找到了更方便於自己的方式。

黃 ｜ 我想到了快譯通，我家還有一台。

聶 ｜ 對，還有這個。可是現在 smart phone 裡都已經有完整的英漢字典 APP 可以下載，這些東西好像不太需要了。

黃 ｜ 只是使用方式和機會不一樣。我家還有兩本英漢字典，即便現在三年查不到一次，但都還是放著。

聶 ｜ 我之前在上英文家教課的時候也是買了一台快譯通，快譯通的鍵盤都是凸起來的，有點像是黑莓機，但後來當 smart phone 真的非常成熟的時候，你會發現在平面螢幕上的操作速度更快速，那些凸起的翻譯機鍵盤在心理上便顯得 old fashion。無論如何即便那時候我有一台快譯通，仍然覺得翻一本傳統字典的時候有一種溫暖的學問感（笑），我有一本很小但很厚的字典。在我的認知裡，快譯通好像沒有淘汰或取代掉字典，反而讓我覺得字典的學問比較深厚。很多人其實翻字典的速度比數位查詢更快，主要建立在使用者的習慣、方便度來決定這個東西的存在。然後我也覺得在這個時代裡，把字典翻到舊是一件很酷的事。

黃 ｜ 對阿，很炫啊！

聶 ｜ 如果使用大字典來翻時，看起來可能有點笨重，但用一本厚厚的小字典來翻的時候，那個形式好像有點漂亮。

散步

與其說散步，不如說我們喜歡走路。

散步

（你們算是工作狂？）

聶 ｜ 我是工作多不算工作狂。

（怎樣算工作狂？）

聶 ｜ 就是工作再多都很熱愛。我是工作多會快爽。

黃 ｜ 我有段時間像那樣，現在不會。現在很容易覺得工作太多。

聶 ｜ 年邁了大家。

黃 ｜ 到這年紀如果沒有足夠能力把工作量有效率地迅速消化掉，表示之前努力不夠。原本需要花五天處理的事，有了一定能力跟經驗，也許花兩三天就能處理完。像是出版，除非做一些開創性的事情，否則每天做的事其實很像。

（這也是你現在空出時間跑步跟做瑜伽的原因？）

聶 ｜ 主要是平衡身體狀態。開始運動之後，精神、體力、心理上的開朗度好很多。

黃 ｜ 為什麼想上瑜伽？我還滿驚訝你去練瑜伽的，感覺你不像練瑜伽的人。

聶 ｜ 因為瑜伽是屬於現代人時髦的運動（大笑）。我就骨頭硬，又有點駝背，覺得自己很需要伸展。我一直沒有什麼運動習慣，頂多只是愛走路散步。開始認真運動後，走路都變得超級飛快，同一段路程，以前要走二十分鐘，現在大概十三分鐘就能走到，健步如飛啊我。

黃 ｜ 跑步呢？

聶 ｜ 都在健身房，運動前的暖身。

黃 ｜ 你會去馬路上跑嗎？

聶 ｜ 沒欸。冬天會試試看。我家在新店溪旁，那邊的堤外步道常有人跑步。其實無論在哪裡跑，跑步這件事對長久待在室內工作的人來說都很重要。因為跑步能夠調節心肺功能，常跑的話，遇到緊急或壓力狀態時，身心理比較容易調適跟放鬆。假設你非常容易緊張或喘，固定跑步滿能幫助改善的。

黃 ｜ 我覺得運動這事分物理層面和心理層面，你講的比較屬於物理層面，和身體機能有關。像我愛打棒球，但跑步很弱，我從小到大就容易喘，肺活量小、心肺功能也較差，但因為平常固定打棒球，覺得這樣就夠了，至於辦公室坐太久的身體緊繃感，光靠打棒球而沒有基礎肢體練習是無法改善的。打棒球對我較有幫助的是心理層面，棒球比賽的心理張力或輸球的挫折，某種程度提升了我的抗壓性。

散步也一樣，屬於心理層面，沒有生理訓練的功能。

聶 ｜ 與其說散步，不如說我喜歡走路。散步跟走路有點不一樣。對我來說，散步是一種身心放鬆的狀態，一邊走一邊東看西看，心情上是悠閒的。我覺得自己是非常非常喜歡走路的人，喜歡均速的身體移動節奏。

除了跑步之外，我每週一定會在戶外走路。本來就愛走路，但是最近這一兩年才開始感覺到走路的樂趣。之前出國，比如去法國，那邊認識的朋友只要是兩個小時能走到的地方都會走，因為自己身在一個較陌生的地方，也樂此不疲地跟著走下去，但後來仔細想想：既然我這麼喜歡走路，為什麼在台灣時我卻只想趕時間，不願意花時間走路？比如說以往從工作室出發到敦南誠品開會明明走路只要二十分鐘，但會議結束我總是急著坐上計程車趕回工作室，因為心中想著工作、想要馬上回到電腦前。在異國旅途的走路經驗讓我開始轉變心態，後來，只要路程在二十分鐘左右，不管多忙我都會用走的；現在更是越走越爽，只要時間不趕，一小時左右的距離我也會走路。

黃 ｜ 說起來我跟你一樣，本質上是愛走路的，只是我沒辦法克服現實的條件，比如說，家和公司的距離，以走路來說是舒服的，但常睡到時間快到了才起床，

只好還是騎摩托車去……

但人好像到了某個年齡就會想調節自己的生活步調。最近慢慢發現，自己會想出去「散步」，而不只是從某個點走到某個點。自從搬到富陽街後，有時晚上會想喘口氣，想「消化」一下，就會在深夜十二點多出門散步，平穩一下呼吸好入睡。我走的多是社區熟悉的路線，比如富陽公園附近，但最近我發現一條路線，在臥龍街底走到和平東路底、靠近公墓的地方，有一整片菜田和三合院。半夜的池塘裡滿是蛙鳴聲，非常熱鬧。很難想像台北還有這樣的地方。我小時候家住員林山上，這種鄉下風景一下就跟我的童年經驗連結起來，也讓我獲得某種安定性。

後來想想，我好像會在台北不經意地尋找跟鄉下生活相似的東西。念小學時我常走路，因為住在山上，每天早上要走一個小時的下坡路去學校，回家時是上坡，得走一個半小時，當時就很適應走路這件事。可是長大後，行程都排滿滿，就會想用最快速度掌握生活節奏。我和你一樣，也是到出國去玩，為了看不同風景或放空而慢慢散步，才有機會再對照現實，發現自己被時間制約，沒法好好享受生活。

其實不只國外適合散步，我還滿喜歡在台北市的巷弄中散步。

聶 ｜ 基隆路呢？基隆路無法散步。

黃 ｜ 那沒辦法。我對基隆路真的有偏見。上台北第一年，我對基隆路的印象就是永遠在塞車。

（台北是合適散步的城市嗎？）

聶 ｜ 我覺得台北比較可以大步散步的路段是敦化南路中間的林蔭步道、建中女中一帶的博愛特區，還有改造後的信義路。

黃 ｜ 適合散步的路線要看地方。以我家到公司這段路來說就不錯，因為算是台北邊緣地帶，沒有高大的建築物，騎樓也比較寬闊，不像基隆路，雖是大馬路但走一走就被卡住得拐彎，或是撞到東西、被冷氣的水滴到。

聶 ｜ 這和交通政策有很大的關係。以日本來說，幾乎很少看到摩托車，所以走在巷弄裡也很舒服。台灣的街道則是人與汽機車移動並存，車身五顏六色的喜好與品味選用習慣，也讓街道呈現不夠靜的狀態。台灣從車輛到住宅立面很多都是灰灰暗暗髒髒的，東京的透度和明度相對來說比較高。這種視覺經驗不是因為我特別的路上觀察，而是出自本能、直觀的發現。

黃 ｜ 我散步時多半是單純放空或亂看，不會刻意觀察什麼，也不會刻意整理思緒。但剛才你說到在法國散步的經驗，我倒是想起在紐約時，除非迫不得已，否則我多半會走路或騎 City Bike，而非搭乘公車或地鐵。地鐵都在地底下，快又有目的性，騎單車比較能說停就停，隨意走走看看，觀察一下異國街道，例如東村的店家和紐約北邊有什麼不同，生活步調有怎樣的差距。

聶 ｜ 我有一個比較難忘的城鄉散步經驗是在日本。那一次是因為要去三鷹市的宮崎駿博物館，到三鷹車站時，因為預約的時間還沒到，就走到車站對面住宅區裡的小巷子內亂逛。那是一個平凡無奇的、在日本任何地方都可以看到的巷子，但不知為什麼在我記憶中非常深刻。當時我邊走邊覺得，如果整個生命

過程的每一天，上下學、上下班、走路、騎單車……都在這些巷子中通過、度過，那一定會是非常幸福的人生吧。我一直都記得那一刻。如果重新回去，一定是全然不同的感覺，也許會很實際地感到沒有回憶這麼美，但如果有機會還是希望回去看看。

黃 ｜ 我在台灣有一段滿難忘的散步經驗。那是在心裡很鬱悶、壓抑、快喘不過氣的情況下所走的一段路，不是平常的走路。決定離開魔岩唱片、遞辭呈的那晚，我下班離開公司，當時已九點多了，平常都是搭公車或捷運回家，但那晚我想走路回去。那時公司在國父紀念館，我租的房子在永和樂華夜市附近，我從光復北路一路走到基隆路，走上福和橋，整個腦子裡都是自己要離開工作的事情，走到失去時間感，連身邊的景物也消失成一片空白，但在那段路程中，我有種慢慢慢釋放、紓壓的感覺。後來，偶爾有類似喘不過氣的感受時，我就會出門走走，或是騎單車。

另外，因為很少回南部的家，每次回去，爸媽都會交代我到車站打電話讓家人來接我，可是我幾乎不曾這樣做。我很愛走路回家，那段路程大約二十分鐘，每次走都能發現不同的街景變化，比如店家的改變，或是哪裡開了好吃的冰店——對我來說，那一段路就是我回家的必經儀式，雖然每次都因為沒打電話被爸媽罵，但我還是樂在其中。

在國外每到一個城市最後一天都會用來走路，盡量走多遠就走多遠，用腳建構地圖以外的想像世界。貪心地想再多看一點，也是沉澱，離家結束，要收心回家。

理想散步的條件

聶 ｜ 對我來說，一個完美的散步是在沒有赤焰的陽光直射下產生的，所以春天和秋天最適合，另外就是有一雙輕便好鞋。

黃 ｜ 對，天氣要很舒服。下雨不適合。大太陽也不行。最好不會造成生理或心理上的負擔，比如在基隆路走路，我就隨時覺得會被機車撞到，或是需要繞來繞去。台北的騎樓設計其實不適合行人走路。

聶 ｜ 對了，小腹瘦的話，走路比較沒有負擔。走路要注重小腹有沒有凸起其實有點累。

黃 ｜ 為什麼要注重？

聶 ｜ 因為比較好看啊！有啤酒肚也是可以散步，但因為我覺得完美的走路狀態是穿短褲短袖，可是我非常在意小腹隆起會帶來視覺突變，就會盡量注意以端正的姿勢走路。沒有小腹走起路來不是比較好看嗎？

黃 ｜ 刻意散步不是走路，我通常滿邊邊的。

聶 ｜ 散步是個對身體很好的矯正，如果身體崎嶇不平可以藉由散步姿勢的正確調整自己。

黃 ｜ 還沒有老到要圍霹靂腰包跟把外套綁在腰上。

聶 ｜ 散步不應該有多的外套，很麻煩。

黃 ｜ 我穿夾腳拖、短褲 T 恤就可以去散步，更要選擇不會遇到熟悉的人的路線。

（若在國外遇到彼此，你們會有什麼反應？）

聶 ｜ 不會怎樣，打一下招呼就走了。避免等一下要一起吃晚餐。

黃 ｜ 我跟他相反，會問他去過哪裡，怎麼去、可以帶我去哪裡。

聶 ｜ 我會覺得對方很麻煩（笑）。我會跟對方講怎麼去，讓他自己去。

黃 ｜ 有時散步遇到別人，會想到會不會打擾別人。不想打斷人家的狀態。遇到的話就打個招呼。

最近一次散步是什麼時候？能夠描繪心目中最理想的散步路線嗎？
如果在散步的時候遇到名人……

八

癖

刷牙必刷舌苔、不准留指甲、收藏雜物無數、討厭假high、公車上偷聽八卦、
對包裝壞掉的禮貌過敏……

癖

聶 ｜ 對我來講，這個字我聯想到的是開不了口的東西、不能讓外界知道的隱私，跟身體有關。

黃 ｜ 癖是一個很籠統的概念，有可能是正面也可能是負面，有可能是健康，也可能是極端到變成是某種偏執或病態……所以光看這個字眼，你沒辦法去定義它是好是壞。我承認我有潔癖。對整齊和整潔那種，生活和工作都一樣。我很堅持把東西放回「正常的位置」，譬如我就沒辦法忍受床頭出現一個餐盤……

聶 ｜ 床頭有餐盤感覺很好看呐！

黃 ｜ 好吧，如果是好看的那 OK，但如果是吃完東西後放在那裡，我就會想要把它拿去洗，把它放回它該放的地方。不是亂喔，是「不對的位置」。我知道自己有時候會有點過頭，像我幾乎每一兩天就會吸一次地板，因為赤腳踩在木地板上，有灰塵沙沙的感覺我無法忍受，會覺得不自在。

聶 ｜ 我倒是完全沒有整潔或整齊的癖，因為我的「整齊」這件事是在電腦裡面發生的，除此之外的部分就隨他去。別人可以碰我的螢幕，不要碰電腦裡的東西就好。我的螢幕上面有指紋、有口水……。沾到擦一下就好啦！
另外跟工作有關的是一個心理上的癖，每當工作室電話鈴聲響起時就會很煩，因為想到要跟客戶講電話就覺得好懶，不過無論如何一定會接起。如果電話跟 email 作為二選一的聯繫方式，我第一個選擇是 email，透過 email，溝通的修辭用語跟句型結構會考量得比較細、工作的細節交代也比較清楚，凡事留下文字依據，是我認為最好的往返方式，對我來說也比較輕鬆。

（排斥電話的原因？）

聶 ｜ 覺得容易煩躁。當我忙的時候，有人打電話過來，工作節奏就被打斷了。倘若訊息是透過 email 進來，比較好按部就班處理，也不用馬上回覆。除非遇到必須緊急處理的突發狀況，我習慣下班前一次全部回覆掉。

（有獨特的習慣嗎？）

聶 ｜ 音樂不要開太大聲，小小的、微量的聲音是最完美的狀態。開什麼音樂都好，其實我算很容易進入工作吧。

黃 ｜ 什麼環境都可以嗎？比方咖啡館。

聶 ｜ 咖啡館沒辦法。我需要至少在一個人非常少、安靜的地方工作。

以前我剛入社會還是新人時期，接電話的時候，因為每次接起電話都是客戶找，所以不管時間多早、再怎麼累，或再怎麼不舒服、忙到快崩潰，接起來都會假裝非常從容，像總機一樣帶著微笑的聲音說：「你好。」其實我是處於壓抑自己的情緒下去做這件事的，連續好幾年一直都這樣子。我發現這件事讓我非常非常不舒服，我想是給自己的壓力使然。後來漸漸變得比較老油條之後，發現根本不是凡事都這麼趕、這麼嚴重。現在則是中午以前我如果還在睡覺，電話來了都會隨任它一直震動到停，或在有意識之下直接轉成靜音。

黃 ｜ 你睡覺時不會關機。

聶 ｜ 不會，但有電話來，我會（瞬間）失去安寧。

黃 ｜ 那你會生氣嗎？

聶 ｜ 我會氣！（笑）
有時候工作時若手機有電話進來而我不想接，我會馬上回訊說：我在開會，有事請 email 給我。就是不想講電話。
我希望乾淨到，不要跟外界有任何多餘的聯繫，私人的除外。這算是一個小小的癖，如果非工作而是經紀來電之類的就還好。有時若是朋友打電話來，雖然會說：「在工作啦，很煩耶！」但還是會放任地與對方聊天。

黃 ｜ 大概有三四年了吧，我手機是全部開震動的，沒有鈴聲，因為像你講的「打擾」，人聽到鈴聲自然會有反應，不管在吃飯或休息，總打斷正在進行

或處理的事，這讓我煩躁，手機鈴聲已經有點侵略我的生活，造成精神上的壓力了。

聶 ｜ 不忙的話會不會比較好？

黃 ｜ 一定會啊，但我已經習慣沒有鈴聲了。我的邏輯是如果手機震動的微響可以讓我聽到或感覺到，那表示我還沒忙到無法接電話。工作上沒辦法避免來電，但也不能怪打電話來的人，只好選一個比較舒服的方式。

聶 ｜ 我都把訊息音關掉，還特別去 Line 跟 mailbox 設定把未讀的通知數字也取消，不然光從手機看到有個數字小紅點卡在 APP icon 的右上角就覺得很煩。我解決的方式就是去掉那些干擾我感官的瑣碎路徑。

黃 ｜ 聽覺有時候會比視覺更干擾，所以當我在開會或咖啡館時，聽到旁邊的人不停的「登登登、登登登⋯⋯」我心裡就會暗暗幹譙，是不會關掉喔！

聶 ｜ 對啊！（義憤填膺）

黃 ｜ 但我不能控制別人⋯⋯不想聽或覺得被干擾的時候會覺得別人很吵，但我又很愛在公車上或某些場合聽別人講閒話和八卦。如果在咖啡館聽到有人講到自己認識的名字，便立刻豎起耳朵⋯⋯

聶 ｜ 尤其是吵架，吵架很刺激，那算是癖，但電話是干擾。

黃 ｜ 真的是對比耶！

聶 ｜ 好像也都是生活上的小習慣，例如坐公車回來一定會洗手，但走路回家就不用。

黃 ｜ 我遇過最經典的癖是跟你有關的：修指甲。

聶 ｜ 喔喔，對啊，而且我會聞指甲的味道。

黃 ｜ 如果看到我指甲留太長，你會有點不舒服對不對？

聶 ｜ 我很會注意男生的指甲，女生無所謂，看到男生留指甲這件事情會帶給我精神上的緊張。老實講，小時候真的會留指甲，這很妙，小時候留指甲主要是為了這件事會帶來成就感，「你看，留得多長……」非常非常無聊的小事，一種等待某種東西長成的那種驗收樂趣……長大以後則有很多事情讓自己分心，加上考慮到美感，開始覺得不好看。我覺得指甲留長啊，指甲好像就會散發出某種味道。

黃 ｜ 是指整理過後的味道嗎？

聶 ｜ 是一種「生肉」的味道（謎）……總而言之我現在完全沒辦法留長指甲，不只我自己，我也會嚴苛地要求身邊的朋友。

黃 ｜ 我大概只要稍微長長一點，敲鍵盤覺得不方便就會剪。沒辦法讓指甲都修得很整齊一致是因為我彈吉他有需要，彈吉他指甲沒辦法剪很平。但如果是依自己的習慣會想剪到可以看到肉。

聶 ｜ 我也是。大概長出兩公釐就想剪……（大概一個禮拜左右）

聶 ｜ 最有趣的是，我辦公室的同事也都跟我很像，我們也都會刷舌苔……我們的習慣是只要刷牙就會一定順便深刷入喉。我以前會喝牛奶，但已經很久很久沒喝，就是因為我覺得牛奶會讓舌頭感覺有苦，所以也盡量少喝拿鐵之類的，能避則避，另一方面是我會覺得舌頭一旦變白，講話的時候視覺上就不好看了。

要跟人交往的最後一道關卡也是問：「你平常有沒有在刷舌苔？」如果遇到根本不知道什麼是舌苔的人，後續發展可能就從此 GG 了。或者我也會提醒「記得要刷舌苔哦」。如果對方因此記得了、也有了刷舌苔的習慣，就很加分，當然我會用非常舒服的方式跟對方講。自己覺得會刷舌苔的兩個人能在一起很美好（笑）。

黃 ｜ 癖這件事可好可壞，可大可小，可正可負，是因人而異的。我有收集癖，從小到大都這樣。小時候的衣服、畢業獎狀……幾乎所有的東西我都很想要留下來，譬如小時候打棒球，球棒是我們在山裡面砍木柴自己刻的，超級爛的球棒，我還是想留下來──很爛的手套很爛的球搭成一組，其實根本都不能用了……那就是一種癖。當兵時的海軍水手服被我媽丟掉時，我很生氣，對我來講那是很重要的紀念品，但真的不可能再穿了。但我媽覺得「啊你就不會再穿

了啊，幹麼留著！只會占空間。」

聶 | 這會對你的家人造成困擾吧！

黃 | （大笑）對！對別人造成困擾，真的！光我老家三樓就有一堆課本，我統統都留，但媽媽一直放話要我處理掉：「去賣一賣啦，一斤五塊也好。」如果因為搬家，被家人丟掉還可以，但我真的沒辦法接受自己親手丟掉。年紀小的時候收到的情書、和學長姊傳話的紙條，我也都留著，每次都會交代家人不能丟……

我現在也一樣，這次搬家，大概整理出二十幾箱書吧，但只丟掉不到三十本，不只有書，我對所有東西都是，手寫卡片、票根等，我都好好留著。從二○○一年第一次出國開始，我就習慣性留下機票票根，現在發現真的要看開，有留沒留都一樣，因為電子機票久了之後，根本都看不到字了，地點日期統統消失，只看到長榮航空、國泰航空，飛去哪裡也不知道……

聶 | 要護貝啊！但護貝好窮喔！

黃 | 對，就像你講的，當時卡片都拿去護貝，怕熱感應紙或墨水消失，到後來發現沒時間去處理，日積月累愈積愈多，有一些東西可有可無，都留著就是困擾。慢慢會調整，若有一天不見了，也比較看得開。

（那有什麼偏執的事？）

聶 │ 癖跟偏執，好像很容易連在一起，譬如像對於過多的語言包裝這件事非常介意，其實都算是偏執的一部分吧。

黃 │ 對。

聶 │ 也不一定啦，有些癖如果你解釋為某種習慣的話就還好。

黃 │ 討好這件事我沒辦法接受，跟永真剛剛講的過度包裝有點像。有點接近但又有一點點不太一樣，包括討好媒體討好讀者討好市場……刻意的奉承、偽飾，例如說有些勵志書「幾歲之前怎麼樣就可以怎麼樣」之類，給你很多承諾，我覺得那些東西是為了討好讀者，其實並沒有它講的那種必然性。叫我去做我也知道怎樣去定位怎樣去操作可以讓書成功，但 over promise 這件事我很難接受。

聶 │ 其實還好，因為太多崩壞的東西，所以有點麻木了。

不過我有一個非常受不了的就是廣播電台的廣告。因為我工作的時候也常聽廣播，你知道一天之內廣播「破口」⁴非常多，就會聽到非常多重複的、一樣的廣告，然後很多廣告——不只原來八成非常爛的房地產廣告，充滿誇飾的文案與階級意識；我也很討厭聽到大人假裝小孩子配音，假嗨：「把拔馬麻要帶我出國玩囉」、「我明天要去遊樂園，好棒喔，哈哈哈哈哈哈」（現場模仿起來）所有人都假裝很快樂的那類狀態腳本。

這些廣告的內容跟形式都是我在意的。我最無法忍受的是價值觀上的偏差跟假嗨。

黃｜你學的其中一個讓我心頭一抖，記得我剛從美國玩回來，看到有個房地產廣告文案是：「好想回到住在紐約中央公園的日子喔！」

聶｜主角一定是英文名字、一定剛從紐約還是米蘭回來，或者總是聽到房地產廣播裡的人說買哪邊的房就好像彷彿置身巴黎左岸、義大利佛羅倫斯之類的，就會一肚子火。

黃｜有問題的其實不只文案本身，而是它所投射出來的心態。
廣告過度訴求「晉級人生的下一個完美階段」、「帶你走入人生的完美世界」之類的，讓人很不舒服。那是包裝，不是事實。

聶｜語調也是。你也知道廣播廣告就是很容易因為用字而產生某種語氣，例如「磅礡！！！」「尊爵！！！」聽得都很想卯下去。
還有一種情形是，如果遇到一些太過「禮數周到」的對方，也會跟美感違和。例如有時候遇到一些業務，會非常敏感地察覺到他們講的每一句話，別人或許不會有那麼多的感覺，可能只是覺得「喔，好像很有禮貌」，但是我總是容易會感覺到好像有點多。例如像這樣贅詞較多的句型：「我這邊跟您報告一下……」、「好的關於這邊請讓我為您解釋一下……」

黃｜（大笑）好像！

---

4 電視或廣播節目的分段段落，進廣告的時刻。

聶 ｜ 例如「跟您做一個介紹的動作」，我也會覺得這種句型沒有邏輯。邏輯非常重要，是溝通層面上非常微小的語言細節。當然後面可能隱藏著一種潛移默化後的語感學習與經驗用語拷貝等等，學歪了就會不小心變成這樣。

禮貌不需要經過這樣拐彎抹角的口說方式去呈現。那些東西太碎了，包裝著太多無用的外衣。像一些餐廳，服務生會排成一排九十度鞠躬，我也覺得不需要這樣子，這種形式上的謙卑太過了。

（你是不是對過度的東西無法忍受？）

聶 ｜ 對。因為那對我來講是違背真實的。

我對語言裡隱藏的東西比較敏感，我的擔憂也都比別人多，就算別人沒有感覺到。例如在 fb 的官方帳號上發布消息，我會盡量仔細檢查有沒有讓人可能有任何觀感上欠周全的字眼。即便只是非常活動式的公告，我都希望能周全到找不到借題發揮的語病。

黃 ｜ （點頭大為贊同）別人對你語言或行為上的觀感，你其實是很敏感的。

聶 ｜ 用字上我也會謹慎地克制使用某些用語，「最怎麼樣……」「第一個怎麼樣……」「超越……」

黃 ｜ 之前你也很在意在設計上，設計師的名字會不會分量被放大到超過作者。

聶 ｜ 我害怕這樣的做法會讓別人覺得不舒服，所以會特別謹慎。

夠敏感的人應該可以感覺到「真正的禮貌」和「包裝出的禮貌」差別在哪裡。

（對文字這件事會有小小的偏執嗎？）

聶 ｜ 會啊。光是反射性地就會想到很多東西⋯⋯有時候客戶方撰寫的一些文案，我會覺得寫得不夠好，但是因為「專業分工」的關係，通常不便表示。還有我在回 email 的時候，非常斟酌文字語意，我會將文字盡量修飾得剛好並寫得簡短。

黃 ｜ 我跟你一樣，滿介意語氣上的使用，一封信寫完之後，我幾乎都會改個三、四次。

聶 ｜ 有時候你加了一個語氣詞，是為了想要讓整封信的氣氛緩和一點，達到想要的效果；我自己也會 check 對方在遣辭用句裡面的心態跟情緒。

黃 ｜ 我們也會常常接到一些來信，對方自以為很禮貌，但其實是很不妥當的用語，例如講到合作對象，就寫「族繁不及備載」，真的讓我臉上三條線。寫的人可能根本沒有意識到這不是一種委婉的用辭，而是帶著傲慢的態度。

聶 ｜ 這種事好容易喔！我們常常看到很多這樣的信，把那些客套的修飾的字眼拿掉後，大概只有百分之二十是重點。後來被訓練到，有時候不論那信載送多少贅句，都會把它跳掉，只看非常簡單的一兩句重點。除了可以跟對方保持冷處理的距離外，也可以不必在往來的文字迷道裡打轉。

如果癖屬於一種獨特的個人品味，那你覺得什麼叫做品味好？

黃｜自己喜歡而且舒服的。

聶｜嗯，品味好就是讓人舒服。

黃｜所以每一個人品味不一樣啊。但癖很個人，每個人的觀點或感受會不一樣，譬如說剛剛講的香水或髮型或指甲油⋯⋯

聶｜這一題有點危險，因為只要講到品味，就會很容易延伸關於品味如何劃分等等的對立或質疑。

黃｜不會讓人感受到不舒服或侵略感，而且你自己要覺得好看，也不要過度，讓人覺得干擾。合適的人和合適的東西相配在一起，然後心裡也很有自信。重點是不能造成別人的困擾。（補充：例如噴過多的古龍水）

聶｜之前我在某個設計雜誌裡面看到兩個大咖的對談，雖然沒有造成我的困

擾，但我很不舒服。我覺得不僅是用字，而是為了突顯自己的品味，內文講了非常多的物件，都是高消費的東西，無形之中在拉開他們與平凡人之間的距離。物質和欲望被用一個這麼直白的、階級意識的消費去表達，基本上這件事情就崩壞了。品味應該要不留痕跡，不讓人覺得不舒服。

黃｜我沒辦法接受「品味的傲慢」這件事情。不應該用你自己的標準去評斷他人。你覺得你適合、你喜歡，你想用這款香水，他人卻用「品味」這件事在標籤你，這是不應該的。

聶｜你當然可以盡情表達或介紹你喜歡的東西，好看的西裝好用的肥皂舒服的椅子，但如果你夠厲害夠敏感，你就得聊得夠收斂且夠剛好。

黃｜「你們都沒有品味，只有我講的才是品味」，那就是品味的傲慢。

九

味
道

關於咖啡、牙膏、春天氣息、潮濕的房間與單身男子領域的味道雜談。

味
道

聶 ｜ 上午起床，我接觸到的第一個味道是牙膏的味道。我習慣在早上洗澡，慣用的洗髮精味道非常清淡，沒有太重的氣味，所以留在五感上最強烈的感覺應該就是牙膏味了。我不喜歡牙膏的味道很牙膏，所以為了不要讓口腔氣味太像嚼了青箭或 Extra，這幾年我都用味道比較淡或比較有機不化學的牙膏。然後我每天聞到的第二個味道是咖啡，當走進咖啡店，聞到一點點飄散出的咖啡烘焙香氣，人就會比較放鬆一些：「啊……終於進到咖啡店了」的那種心情。因為預設接下來等著我的又是忙碌的一天，如果沒有來一杯心理療癒的話，好像就沒辦法開機。

黃 ｜ 我早上最喜歡的味道也是咖啡。咖啡像提神藥物，服用的目的在於保持清醒。我差不多有一年多的時間是自己手沖咖啡，倒出豆子，研磨的過程，嗅覺和大腦被新鮮的香氣衝擊，讓人心情變得很悠閒，清晨變得美好，昭示著嶄新的一天即將開跑 ，人也悠緩下來，可以好好想想今天該處理的事，讓一天緩慢地開始。

聶 ｜ 那跟進辦公室喝的咖啡香氣是不一樣的，如果我們在外面買咖啡，很容易久了就味覺麻痺。如果是自己煮的話，會想要更換不同的豆子或沒有壓力地混用、調配出各種濃淡跟香味偏好，我覺得這很好玩，只要高興每天都可以試不一樣的東西。我也覺得當自己一旦走進吧檯專注沖咖啡的時候，所有的時間因此都暫時凝結了，不管外面工作區域的狀態多忙多混亂，都會想先把手上的這杯咖啡完成，先好好地泡杯咖啡再往座位走去，是一個完整的準備過程。

除了咖啡之外，乾燥的味道也讓我安心和放鬆。台灣的氣候很容易讓家裡中有潮濕的味道，雖然空氣濕潤的時候也很舒服，像我喜歡偶爾下雨天時的舒服清新，但一旦量不小心多了，很多東西接著就要面臨腐壞變形或發霉。

乾燥的味道則會讓我感覺所有東西都是潔淨、乾爽且長久的，會讓我覺得萬物似乎永恆如新，不怕腐朽、也不怕敗壞，是健康的。有時候衣服剛烘完後散發著溫熱與靜電，這種有夠 super-dry 的氣味也讓我感到安心。

這世界上說實在的充滿太多味道了，真的太多。我們走在街上可能聞得到各式各樣的香味，那些大部分可能都是藉由人工的方式製造出來、操控／影響我們嗅覺的洗髮精、洗面乳、沐浴乳或保養品，還有洗衣精、衣物柔軟精、香氛蠟燭等。小時候非常容易被這些味道吸引，每個香味都是新鮮的體驗。但是一旦長大，我們已經被那麼多味道「薰陶」到幾乎麻痺了，反而會希望身邊這些複雜的味道越少越好，因為知識告訴我們那些大部分都是被做出來的，不是天然的。有時我甚至覺得最好的狀態可以是無味。

黃 ｜ 我也想講一個跟氣候有關的味道：植物味道的變化。讓我覺得安心的是春天的味道。冬天讓我糾結鬱悶，但春天氣息是清新茂盛的。

聶 ｜ 春天氣息是濕潤的味道嗎？例如像春雨。

黃 ｜ 也有，是各種發散著「春天來了」的訊息，譬如植物發芽。我辦公室窗外有一棵小葉欖仁，它是我觀察或感受季節變化的重要媒介。光禿禿是冬天，發新葉就是春天。像最近，不到兩週時間，它一下子爆出滿樹茂密枝葉，看到就很愉悅，熬過冬天，春天終於來了！

我公司臥龍街那邊有整排櫻花樹，每年都可以當作基準點，一年的結束和開始。櫻花約莫在農曆過年前後開花，所以每次放假前我們轉頭看看，啊！開花了，就知道快過年了，年後來上班，就是花謝之後的新芽。你會很清楚知道季節在變化。

讓我安心的氣味大都是抽象的。像是媽媽的家常菜味道。每次回家，聞到從廚房飄散出熟悉的飯菜香，就會有種回家的踏實感；另外一個是逢年過節，回山上老家祭祖，祭祖的味道由鞭炮、蠟燭、燒香紙的味道組成，意味闔家團聚的味道。是安定、懷念、難忘的味道。

聶 ｜ 像香的味道，我沒有到喜歡，但偶爾聞到一點點，也會感覺不錯。

黃 ｜ 太多會嗆，不行。

聶 ｜ 家裡常常會有這樣的味道呀，像我們家有在拜拜燒香，所以有時早晨起床，會聞到媽媽剛點完香的味道隱約地在客廳淺淺迴繞，那種熟悉跟親切的安全感，會讓我心裡覺得：everything is fine。

黃｜peace。

前陣子不同朋友到我家拜訪，進我房間後不約而同地提出：充滿了單身男子荷爾蒙的味道。我不知道他們怎麼觀察的，但據說很明顯⋯⋯是單身男人的新家。這些味道到底是從哪些線索流露出來，為何如此鮮明？

其中一位告訴我，若是家庭或有女友的男人，空間不會這樣配置，配色也不會是這麼重、這麼冷的深灰色，所以從色彩、隔局和擺飾（書架上擺滿了大聯盟的紀念品還有我收集的四五十顆棒球等），這些都充滿單身男子的味道。浴室也完全不會有化妝品和保養品那些香味，我的廁所很簡單，除了牙膏牙刷洗面乳，幾乎沒什麼其他的多餘瓶瓶罐罐。

聶｜你覺得結婚之後，你家裡面會多出哪些味道？

黃｜我覺得廁所會不一樣耶，會有一區被保養品占領，然後可能會有 Hello Kitty 之類的，我的人生從此就大崩壞。（笑）
我沒辦法接受我的床頭放 Hello Kitty⋯⋯

（你有意識到自己的房間充滿單身荷爾蒙這件事嗎？）

黃｜他們這樣講，我再去回溯觀察，才發現真的是這樣。我的房子展現了我在不自覺的過程中呈現的模樣，連掛衣架和衣櫃都省了。其實事先我就決定了這是「一個人」的居住空間，很多規畫與生活習慣的考量上，都不存在另外一個人要住進來的選項。

（如果你不喜歡太多的味道但生活中又會出現不同的味道，你怎麼辦？）

聶｜（默默）用空氣清淨機啊。

黃｜（大笑）

聶｜我會沒辦法忍受，會想辦法把這些味道全部消掉。我會因為買到了錯誤期待味道的日常用品而感覺痛苦，忍不了多久就會受不了，重新買一組自己能接受的。

黃｜我是你的放大版。搬家之前我住公寓一樓，幾乎沒有對外窗，通風很差，那地方靠山，濕氣很重，後來空間漸漸被潮濕和發霉的味道占領，我沒有意識到很多東西在慢慢腐朽，搬家的時候才發現書架已經爬滿了白蟻，堆在書架底下的書被啃掉了六七十本。當初住進去就感覺潮濕，但環境與氣候真的不是人力可以控制，也很難改善。我跟那味道相處了七八年，幾乎要習以為常了，直到搬到現在的家，才發現原來乾爽的空氣這麼舒服，告別那種人都快要跟著發霉的感覺。
地上冒水氣起來，常常會有跳蚤，遇大雨就微微淹水……現在回想起來有點恐懼，覺得自己像蟲蟻或野獸一樣窩居在某處，屋子的味道跟當時的人生狀態相互呼應——儘管潮濕又淹水，還是得告訴自己，這是暫時的、克難的居所，要忍耐。現在回想起來才感覺我其實害怕那種味道。

聶｜我學生時期時也住過那樣的房子。對於與空間相處的狀態，我會視自己

手邊有多少可用於改善的籌碼，來決定可以改變到什麼程度，但學生時期就也都是那樣子啊，台北真的就一直都這麼潮濕，我大三時在外面租的那間房子，很多書都放在床底下，有一晚聽到奇怪的聲音，我就尋著聲音把書都翻出來，發現非常多白蟻爬來爬去，書都被蛀掉了。

黃 ｜ 白蟻真的很可怕。

聶 ｜ 那時候全身雞皮疙瘩都冒出來了。白蟻的聲音窸窸窣窣的。基本上我還是有把那房間喬得好看舒服，雖然只是一間很小很破舊、大概兩坪的雅房。沒想到還是有很多不可抗力的大環境昆蟲力量。

那個房間一年四季都是雨天。很濕。可能我自己住久了沒感覺，跟你一樣，但如果有同學來訪，他們會立刻反應那是潮濕的味道。

其實我也不喜歡衣服未乾透的味道，是另一種潮濕的霉味。所以即便我不得已得住在潮濕的空間裡，我一定都會想辦法讓衣服乾爽。

你知道嗎？很多自助式洗烘衣店的販賣機都有賣一種胭脂味的烘衣芳香片，就算你沒有買來用，但上一個使用過的烘衣機還是會讓你的衣服吸附上那種味道，我也會想辦法避免那種味道，能少一點就少一點。

台灣可能因為氣候濕熱的關係，走在街上不可避免會有各式各樣很強大的味道襲來。如果是在其他氣候乾燥的國家，如日本或北歐，這些味道好像就比較沒辦法藉空氣輕易擴散。富錦街上最近開了一家鬆餅店，我們發現他們把排油煙管設在富錦街上的正門口旁，對著人行道將廚房的油煙排出……每次經過，混雜的油煙味總是轟轟地往身上直撲。這種餘能的處理方式有點赤裸，尤其夏天更讓經過的行人處於逃難式的心慌狀態（編按：店家近期已加裝罩子），那種

「燥」其實是很東南亞的、典型南方氣候的味道。北歐國家簡單生冷的食物居多，味道就會反應在居家空間和設備上。舉例去中國城，跟你去 J town（日本城）或 K town（韓國城）的嗅覺經驗就完全不一樣。

（那你在泰國的經驗呢？）

黃　｜　我可以講具體和抽象的害怕味道：其實我還滿害怕咖哩的味道。

聶　｜　（驚訝）真的假的？！

黃　｜　真的。

聶　｜　那若我請你吃咖哩飯呢？

黃　｜　（鎮定）泰式咖哩我 OK，不過印度式的我就不行。對我來講不知道是味道或顏色太重了，總之我很敏感。但泰式用香草和椰奶去調味的，倒是可以接受。

聶　｜　綠椰汁咖哩？

黃　｜　對啊。但那對我而言就不那麼「咖哩」，沒有我害怕的那種濃稠口感和味道。另外一個是古龍水的味道。

聶 ｜ 古龍水是髮油味嗎？

黃 ｜ 類似。理髮店裡給男生使用的。

聶 ｜ 阿伯的香味嗎？

黃 ｜ 那種香味我完全受不了。我之前在唱片行裡挑 CD 時就被一個高壯的美國人撞開過，他就是擦了很濃重的古龍水，一看就知道他自恃高雅，很優越，但那味道讓我覺得很俗氣。

聶 ｜ 你說的是在哪裡發生的事？

黃 ｜ 在紐約。

聶 ｜ 在那次之前你都沒聞過阿伯的髮油味嗎？坐計程車時偶爾會遇到那種梳著很亮油頭、鬍後水也散發著某種特殊香味的中年伯伯。

黃 ｜ 沒錯，就是那種會上髮廊去修鬍子、被挖耳朵的查埔郎，通常可以很明顯地在過街時察覺他剛從美容院出來，啪哩啪哩的。在台灣這其實是很生活化的常民味道，不是只有權貴或有錢人會去，其實一般人如我爸也會，從理髮店回來後就一身那樣的味道。對我們這一代或許覺得那味道很老派，但對他們而言代表整個人煥然一新。

聶 | 還有不喜歡的味道嗎？

黃 | 深夜的急診室。我覺得深夜裡醫院的急診室充滿了死亡的味道，可能是藥水味或消毒水味。

聶 | 「死亡的味道」聽起來好抽象哦！可是我覺得急診室的氣味讓我覺得很舒服。

黃 | 真的嗎？（驚訝）

聶 | 因為會去掛急診代表該時該刻的身體需要立即救護，當你踏進了急診室心頭就會終於放鬆：「啊，終於來到這裡了！」一種帶著安全感的醫療費洛蒙訊息。

黃 | （大笑）那你在你家浴室裝一瓶消毒藥水，這樣可以每天聞得很安心！

聶 | 不行，那味道只有出現在急診室裡才有效果。

黃 | 但急診室裡會充斥著呻吟、哀嚎、大吼大叫等等生老病死……我其實有點受不了……

聶 | 不會耶，我沒有感覺到這些。

黃 ｜ 我們兩個真的很不一樣。可能是我阿嬤有一陣子住在醫院裡，她那時候頻繁注射治療藥劑，那回憶可能也讓我產生死亡的連結。

聶 ｜ 無論如何我覺得只要在醫院，即使面對的是重病的人，對我來講我都還是會覺得安心。這裡就是一座白色堡壘，即使將會在這裡迎接死亡，它仍是令人安心的科學場所。

黃 ｜ 我也討厭大風雪的味道，那種孤獨感會讓人覺得絕望，零下十幾二十度，每個人都包得緊緊的，只想趕快回到溫暖的室內。

聶 ｜ 大風雪的味道……不覺得就是當下讓人想吃熱食嗎？

黃 ｜ 但沒辦法立刻吃到，所以很絕望啊！這要說明一下，因為我以前對於下雪這件事抱持著夢幻唯美的想像，直到在國外遇見大雪，交通全數癱瘓，雪因為車輪壓過，變得汙濁骯髒，就完全幻滅了。

終場亂談

童年印象最深刻的食物味道

黃 ｜ 就便當味呀！小時候的便當印象最深刻的就是兩個味道，一個是炸排骨的香氣，一定要有這道主菜！另一種是葉菜類烹調過後又再加熱的那種味道，放在便當裡有點濕軟的炸排骨，跟二度加熱後變色變味的配菜，那就是我記憶中便當的味道（感覺有點悲慘）。當時只要跟同學去抬便當，一走進蒸便當室都會覺得好噁心……但現在回想起來就像你剛剛說的，雖然不見得好聞，但是一種安心的味道。

聶 ｜ 我國小都是吃營養午餐，就是小學生拿著餐盤排排站領取，所以便當不是我記憶中會存在的味道。小時候我媽假日都會騎車戴我跟我妹（三貼）去台中公園寫生，畫完圖我們最期待的就是媽媽會買公園裡流動攤販賣的茶葉蛋和燒酒螺給我們吃。我的童年深刻食物味就是茶葉蛋。另外一個記得比較深的味道是國小時的課桌椅，你知道小朋友有時候無法控制大便有沒有擦得夠乾淨，有些同學有時候會不小心在坐椅上留下便味。我們小學規定每隔一個月要重新換位子，我會十分在意椅子的前一個主人有沒有留下什麼味道在上面，就會很認真地趴下來深聞椅面——我小時候也有點小潔癖吧，如果有味道我就會先墊幾張衛生紙坐，然後趁打掃時人家不注意時偷偷換過來。

黃｜小時記得的還有過年的味道。我們住的宅院有爐灶和煙囪，過年時都以傳統大火燒柴的方式蒸煮食物，有時是焢肉、滷肉，有時是發糕、年糕、紅龜粿……盡是大魚大肉和豐盛的年菜，所以過年的味道就是食物的味道，但又跟平常的飯菜香不一樣。你只要聞到那味道，就知道快過年了，心情是雀躍興奮的。

聶｜像發糕的味道嗎？

黃｜甜甜的，糅合著紅糖香。製作時，攪米、瀝汁、添加顏色到蒸熟等流程也充滿不同層次的味道。可惜現在很難再回到小時候那種氛圍了。市面上賣的年糕或發糕味道雖然類似，但少了過程的體驗，就不完整了，也不再有期待感。

聶｜我的過年味道反而是鞭炮的味道耶！因為中南部過年一定要放鞭炮的啊。

黃｜（同意）中秋節和元宵節也是。會放沖天炮啊水鴛鴦等等的。

聶｜鞭炮的火硝味就真的會讓你覺得是「特別日子」，小時候其實都非常期待過年。大年初一我們會全家一起出去散步去逛村裡的年節街，街上有數不清的小攤販賣著各式各樣的零嘴，還有很多給小孩玩的像套圈圈之類的遊戲，過年有好多東西可以玩噢，又可以拿壓歲錢，拿了壓歲錢就可以去買零嘴吃，完全就是小孩的天堂。

黃｜你講食物我就想到飛壘口香糖，小時候如果考試滿分或拿到獎狀，爸媽

就會給零用錢獎勵，我都會去買飛壘，其實它的人工香料味很重，但重點是可以吹泡泡，小學生就愛比誰吹得比較大。

聶 | 我記得的是有種咖啡夾心的口香糖，是叫 007 嗎？

黃 | 對對對。裡面有加咖啡糖心 。

聶 | 那時候的廣告訴求就是營造獨立新貴女性（都吃這種口香糖）的氣氛，因為口味是咖啡（其實是咖啡香精），這種東西會讓人覺得既新潮又洋氣（笑）。中小學生看到這類廣告會非常憧憬嚮往，覺得：哇！看起來好都市生活喔！那時候還有一陣子流行過「琴——香水口香糖」，也是都市人的那一套，我覺得很好吃，滿口都是香水味呢！那時候吃這口香糖的時候，就會覺得自己很時尚，我超洋派的啊！

黃 | 你講的琴香水口香糖廣告是不是就是盧昌明唱的那首歌〈不必哀怨〉（現場即興唱起來）「Jeans 不必哀怨，不要說你不知該怎麼辦，Jeans 不必哀怨，不要說你在幻滅中成長……」

聶 | 對對對！那首歌很厲害——你知道那時候「不要說你在幻滅中成長」這一句對國中生來說，有一種若有似無的哀愁之帥與酷，之後意識形態廣告公司又做了一個找蔡燦得拍的橘色司迪麥廣告〈告別童年〉。那年代大家都非常迷戀著這一類訴求的口香糖或青春期精神食糧：「我長大了！我可以自己獨立作主了，我就是個叛逆的微大人啊！」

黃 ｜ 還有「別聽他們胡說，學會逃避學校和愛情，你並不是那種人，就少吃那一套」（繼續唱）

聶 ｜ 還有奇檬子，和李明依「只要我喜歡，有什麼不可以」那時候還一度引起社會觀感爭議，但我覺得這廣告真是拍得太好了！

黃 ｜ 那時候的食物味道連結到叛逆和成長。

聶 ｜ 小時候喝可口可樂這個行為也很紅，因為對那時的小朋友來說，喝可樂是很時尚的一件事。你在便利商店可以買紙杯然後自己裝冰塊壓可樂，超自主的。拿著印有可口可樂流線線條 logo 的杯子，走在路上都會覺得超有風……超洋派的（又來！）這種感覺！

十

陰影

由陰影產生的最大心理情結是「介意」。

陰影

聶｜這題目怎麼冒出來的⋯⋯我一直都是負面情緒很多的人──雖然我很樂觀。比較正面、陽光的題材，對我來講沒有什麼感覺，因為這世界到處都是，它們很好，只是我們都麻痺了。如果能夠聊一些每個人特質上的黑暗面是很特別的，因為這樣的題材不多見，這同時可能也會是一種療癒，藉由把事情講出來──當然要有心理準備面對所有讀者，在這樣的前提之下你能夠講多少。

從小到大，一定會在遭遇各類難題侵犯的時候，產生許多經訓練過的心理機制保護自己，進而變成現在看起來好像很安全或周全的人生應對，我想祕密面一定也包含了一些自卑、微小或帶有恨的部分。

黃｜我覺得這個題目跟年紀有關係，現在的我（補充：已經四十了吧）慢慢能用坦然的方式去回顧跟面對，換成剛出社會或三十歲以前的我，大概會躲躲藏藏⋯⋯

聶｜覺得不方便講。

黃 ｜ 對，這些陰影可能躲藏在自我的某塊角落，經歷時間與人生歷練，沉澱之後才能勇敢地去面對。

聶 ｜ 我想每個人都有不同程度的自癒能力，有可能當下很在意但是經過一段時間、更成熟了之後，便漸漸接受遺忘帶來的沖刷，沒有那麼傷重了，當然我想或多或少這些事情仍會被依稀記在心裡，伴隨一生。其實很多我們此刻覺得還好的事，在事件的當下，造成的芥蒂仍是沒辦法一時釋懷的。

黃 ｜ 我覺得你講到關鍵字。因為我昨天一直在想，陰影給我的第一印象是連結到失去，但愈想愈深的時候，我覺得陰影其實伴隨著恐懼而來。很多恐懼是內化在心裡的一部分。

聶 ｜ 其實若是以現在的時間點，綜合我們已經活了一半左右的生命經驗史來看，假設你幻化到「未來的某一天」，以現在可以「健康地」處理各種傷害的心理素質來說，可能就不會覺得會造成陰影。但是在更年輕時候，的確我們可能面對這個世界所學還不多，不知道怎麼去處理這個東西；因為不知道怎麼處理，所以就包紮得比較粗糙。

黃 ｜ 我先來講我的陰影好了……

聶 ｜ 好，很好！（開心）

黃 ｜ 其實不是四個故事，而是有四個面向。分別是「失去」、「面對大人期待」、「欠錢」和「背叛」。背叛是最難處理的。我是家中老么，兩個哥哥都念名校，家裡對他們期待很高，我讀五專，好像被隨便養的感覺，大人不會對你懷抱期待，那時候就自我厭惡，不想跟哥哥步上同樣的路。

聶 ｜ 那你是覺得開心還是不受寵？

黃 ｜ 我覺得是不受寵，它變成叛逆的力量。反正我也不會聽你們的話，你們覺得我不會念書，我可以找到自己開心的方式。

聶 ｜ 父母給你的方式不是自由？

黃 ｜ 不是。在那樣子的成長環境，我就想要早一點長大，變成大人，去證明——你們對我的眼光或期待不見得是我想要的未來。念五專本來也只是想要逃避，升專五時身旁同學都在準備考插大，但我對未來還很茫然，沒有意識到即將面臨下一個選擇。最後一年的學校運動會前，因為對學校的諸多不滿，我跟隔壁班約好聯合靜坐抗議。

聶 ｜ 像《女朋友。男朋友》那部電影？

黃 ｜ 對。本來只有串聯三個班，沒想到後來所有一到五年級的學生都跟出去

靜坐，我和吉他社社長上台跟校長陳情。抗議隔周我就被訓導主任約談，他把我叫去：「你好好想想自己未來，人家都在準備插大，你別傻傻去背黑鍋。」接著說：「你學長姊都已經跟校長吃過飯了。」至今我還牢牢記得這句話，對我來講是個背叛。但它反而成為正面的影響力，我開始思考自己的未來，決定插大念廣告系。後來我觀察各個學運或社會運動時，都會盡量用更理性、全面的角度去理解，其中有很多暗角外人是無法窺探的。

每個人的反叛形式不一樣，但最起碼可以在自己的工作崗位上，強化壯大你自己的力量，更有能力去做一些反叛，改變這個世界上坑坑疤疤的事。對後來的我來講，當時的事有一些正面能量，但也有一些負面的陰影留下來。

聶 ｜ 任何事情的發生的確會改變一個人的性格，就是你的人生走至此刻，有時候可能要感謝曾經那些事物帶來給你的「因為抵抗而走向的某一種變異」，或者說心裡面的化學變化，而產生抗體。有些人則把這些變異包裝成更正面的修辭：「你的心理變得更強壯、更成熟」。

黃 ｜ 我那時候很介意，訓導主任後來還幫我寫推薦信，但我就是沒有辦法釋懷。

聶 ｜ 或許陰影帶來最大的心理情緒就是「介意」這兩個字。

黃 ｜ 回想起來，是我沒有辦法很清楚地辨別當下能否諒解背叛我的學長姊。

聶 ｜ 你現在諒解了嗎？

黃 ｜ 沒有特別的情緒。

聶 ｜ 可以算過了一關啦，不過人生沒有非得要諒解。

黃 ｜ 我不想查證就是不想要有「諒解」這個選項。很多事情其實都是這樣，你去查證之後表示你一定要做一個選擇，是或否，必須要做一個判斷。但如果讓它停住，永遠不知道真相，也就永遠不需要做選擇，也就無謂諒解不諒解了。

聶 ｜ 我的陰影有兩個。因為我的自尊心很強，可能是獅子座的關係，小時候就很好強。我一直都偏陰性特質──就是比較「娘」，從小到大都是這樣子，當然長大後有假裝比較 man 地「修正」。「修正」這兩個字有點……更精確地來說是「社會化之後的調整」。我國一的時候很喜歡一個班導師，她對班上同學非常好，也在自己的租屋處私下做「課後輔導」，另外收費幫我們補習數學。小時候很單純，很信任也很喜歡她，晚間下課我媽有時候會騎機車去載我，偶爾會帶水果去給老師吃。班上同學跟我也都很好，雖然會被取一些跟女性特質相關的綽號，但是我都不以為意。第一學年快結束的時候，校內進行期末評量，班導師得幫每個班上的學生寫上平日表現的評語，某一堂課的下課期間，她把那本評量直接闔在桌上，一群同學便開始起鬨說要偷看老師的評語，我親眼看到我那頁的評語欄裡簡短、大字地寫上了「娘娘腔」三個字。然後我就這樣記了一生，記到現在了。

我不會覺得娘娘腔有什麼好或不好，就只是種人格特質，沒辦法改變。期末評量的欄位，是你對這個學生的「評鑑」，在我們那個年代，娘娘腔這個用辭代表的就是歧視、貶低及輕蔑。當她寫下這個詞的時候，潛意識已經認定：你不

符合這個社會上男性特質標準的期待,你不應該娘娘腔、你需要被「修正」。我心裡想:「幹!我媽送水果感謝老師送得也太過心酸了吧。」那時候我非常震撼,因為她是我非常尊敬和喜歡的老師,因此我也漸漸見識到,原來整個社會對娘娘腔特質有敵意、充滿刻板印象的。這個事件之後,的確讓我在跟外界產生連結時加上了更多的保護色,當我意識到有些人對待異己是這麼地不客氣時,我只能穿著避免為自己帶來更多麻煩的掩飾,減少可能性的潛在傷害。

黃 ｜ 你講到一個重點,陰影會帶來保護色,不管是否療癒或釋懷。

聶 ｜ 更病態的是,後來裝得比較 man 這件事,竟然可以帶給我成就感。我覺得這是非常傷害而扭曲的一件事。這表示我無形中也被這社會的價值所牽引著,我覺得這像是在背叛我自己。這個陰影喚起了你的生存術,但這個生存術跟你的本質卻是相違背的。

黃 ｜ 我覺得是不想被第二次傷害。不是變得麻木,是不想再體驗被背叛的那種感覺,所以就會有保護色。

聶 ｜ 我覺得我的特質也被改變了,因為終究面對了這個社會的「修正」。

黃 ｜ 這點我很認同,如果沒有社會化,一直用鄉下小孩單純的眼光看世界,落差是很大的。

聶 ｜ 社會化讓人類在主流角色的扮演上比較順。我只能說目前的時代已經萬

幸許多，一路以來很多人都在努力改變以往那些不合時宜的價值標準。

黃 ｜ 我繼續講下一個陰影，怕欠錢。對應到的是貧窮，根源來自借錢這件事。我阿公在我五六歲左右去世，他除了種水果，另一項收入是養蘭花，有些名貴的蘭花光幾片葉子就可以賣到一百多萬，因此賺了不少錢，也因為養蘭花而認識五湖四海各路朋友，可能蘭友間長期有金錢糾紛，後來負債，開始喝酒……我國小時曾在農曆過年陪我爸坐火車去討債，那時節蘭花盛開，到處都在辦蘭展，我們倆坐慢車去堵人，晃了一圈沒堵到人，我爸很失望，我其實很恐懼。後來他常叮嚀我不要喝酒、不要欠人家錢，也不要被騙錢，那個畫面和陰影串在一起，影響我到現在，仍很恐懼會跟別人有金錢的糾葛。
後來出了第一本書《日常 vs. 荒島的一天》，那時候不曉得資金周轉和入帳的時間差，我的帳戶變負額，錢不夠用，只好去貸款，用各種方式借錢，連續借了好幾個月，甚至把吉他賣掉，也不夠，有兩個月左右偷偷挪用室友的房租……我痛恨自己走到那個地步，但也只能努力求生。

聶 ｜ 你的陰影都好實際喔。

黃 ｜（震驚）好實際？！

聶 ｜「這個東西」可以造成陰影真的還滿大的。金錢對你的影響好大喔，你會因此而害怕貧窮嗎？或因此覺得「一定要有錢」才有安全感？

黃 ｜ 現在不會。前五年真的是，你如果真的沒錢然後又遇到那狀態，我覺得

不是生活上的問題，而是面對你貧窮到需要借錢的窘境。

聶｜你是怕窘還是怕窮？

黃｜窮還 OK。

聶｜面子？尊嚴？

黃｜窘境就是淪落到被迫賣掉心愛的東西，像吉他，像賣掉你的尊嚴。
我再講一個陰影：人生第一次面對親人的離別。

聶｜所以那不是「失去」，而是「陰影」？

黃｜因為失去而造成的陰影。那時候我真的也不記得幾歲，只記得阿公過世
要出殯，不曉得為什麼家人都沒有強迫我去送葬，老家是三合院，兩邊主臥都
有放尿桶的地方，我從頭到尾只有一個印象：躲在尿桶間裡一直發抖，外面傳
來吹西索米的聲音很大聲很吵……

聶｜是跟神怪的恐懼有關嗎？

黃｜是死亡這件事對那時的我，太無法解釋了。因為傳統人家很避諱講「死」，
我又不懂事，獨自恐懼，沒人理我，也不知道躲了多久，阿公離開我竟然是
用這種方式送別跟面對。此後，我就害怕說再見和死亡──應該也不完全是死

亡，是抽象的「離開」這件事。所以長大後我都跟家人開玩笑，說為什麼沒有人強迫我去跪，讓我變得很不孝，在那個儀式的缺席也變成了我的陰影。

聶 ｜ 所以從此變得很害怕失去嗎？但人生就是不可避免的一直充滿失去啊。

黃 ｜ 所以就得一直面對那陰影，然後人生慢慢會變得比較堅強一點。

聶 ｜ 應該不是每個失去都會帶來陰影吧。
換我講一個小陰影。剛剛我不是問說你在喪禮時躲起來發抖是因為有什麼對神怪的恐懼嗎？我在國小的時候曾經作過一個靈夢，那靈夢伴隨我到現在⋯⋯我夢到我走進去自己的房間，裡面有一張像是辦喪事靈堂的高桌子，鋪著乾淨的白布，桌上兩邊點著白蠟燭，有一個看起來年紀很大銀髮阿婆的頭顱放在桌面的正中間，閉著眼睛，氣氛非常詭異，從此我非常害怕一個人在家，會自己嚇自己，怕走進房間時會看到這個曾經出現在夢中的景象。我不知道這暗示著什麼，也不知道從哪裡來的。因為畫面太陰森震撼了，想忘都忘不掉，就一直埋在的我心裡面。不過它可能有影響到我後來非常喜歡看恐怖片這件事——我覺得解決這些恐懼的方式，或許就是直接面對這些恐懼。我非常喜歡看聊齋或跟鬼怪有關的節目，有可能是自己強迫式地看很多這類型的東西，才能平衡稀釋當時那個夢的強度。那個夢平常沒想起來還好，但是此刻一聊到，那個影像馬上就清晰地浮現眼前。現在看的任何一部恐怖片都沒有那個夢的強度來得恐怖。

黃 ｜ 這好奇幻喔！我反而比較想要這種陰影，我的都太現實太具體了。

磊 │ 有時候作夢啊，我們不是都會覺得 dejavu（既視感）嗎？所以我害怕有一天萬一遇見某個似曾相識的畫面，是來自這個夢。

黃 │ 我小時候也夢過──不知道是我爸看電視劇還是怎樣……我夢到一直躲在我家後面的山上，被日本軍閥追殺。

磊 │ 這跟電視劇有關嗎？

黃 │ 不知道。但我小時候真的會夢到一些比較血腥或暴力的畫面。

磊 │ 我的第三個陰影是多年前……大概二十六七歲左右，漸漸有些名氣的時候，開始有很多學校的演講邀約。雖然現在幾乎所有的演講邀請都會婉拒，但那個時候就是會覺得想去試試分享一些工作經驗、介紹一些自己的作品等等之類的，我印象最深刻的是某一次去大葉大學，這件事我也有寫在《沒有代表作》裡面。那次演講完之後，覺得好像蠻受歡迎的（害羞），有點飄飄然……所以結束後有同學拿著舊作找我簽名、合照之類的。雖然容易覺得不好意思，但也會暗暗開心。那晚我回去後也很想在部落格搜尋一下，看當天的演講有沒有同學在討論……結果搜尋到了一則非常不堪的、數落我的評論，是當天也有來聽的一個學生寫的，內容大致是我不過是個志得意滿、沉浸在自己的世界跟作品裡的人，看我還能在設計界紅多久等等……是一篇非常偏激跟極端嘲諷的發文。其實不喜歡我的東西就算了，只是連帶地寫了很多例如「沉浸在掌聲裡面」、「活在自己的世界」、「這種人如何地被討厭」之類的內容……這篇文章那時帶給我很大的傷害。他對我種下的陰影是我後來非常抗拒在公眾場合，

尤其是很多學生的時候，一個人撐完全場演講。因為總是會讓我聯想到敵意的同時存在。我介意的是，你可以不喜歡我的作品，但是當我的心智人格被誤解、扭曲成別人自己的劇本的時候，其實是很大的挫敗。當然也慶幸當時我有看到那篇文章，讓我日後在初衷或動機的實踐上，更謹慎中性。雖然你永遠阻止不了惡意跟懷疑的產生。像前一陣子我做了太陽花學運紐時的廣告稿，我的唯一目的只是要很快地在短時間內支援把事情做好做到位，義工的任務就是要讓我們訴求的關注度被擴及，但不可避免的還是會有一些人在一些轉發串裡酸我做這件事只是想紅（murmur補充：幹！但我已經夠紅了好嗎？幹！）我覺得這是對我人格上的扭曲與羞辱。所以很久以前大葉大學那個人的那篇文章，其實潛在地影響了我對外在訊息回饋認知的廣度。你就算怎麼自律、怎麼小心翼翼地避免，還是會有人對你提出平行世界式的相反看法，不管是由衷還是刻意。

黃｜你後來還是偶爾會被我們硬逼去演講，人在台上，當下心裡是什麼情緒？

聶｜盡量什麼都不想。那種時候我會覺得這是所有人都在幫忙的一件事。我不能因為我自己對這件事情有陰影，就辜負了大家的美意。

黃｜但那個陰影沒有影響到台上的你？

聶｜沒有，沒有影響。重點在於要成就這個活動，然後完美地結束。關於陰影，只要你想，都能透過解套而得到療癒的。例如第一個關於娘娘腔那個例子，當你知道了在人生中其實有很多真真實實愛著你、關心你的人就在身邊，那些東西就真的不算什麼了。如果關於當初那個演講帶來的陰影，能夠帶給我救贖的

是我真的一直仍在這裡，證明我繼續努力做得更好，他反而等於逼我去證明，我不是那樣的人，我必須有更多更好的作品，持續產生。對我來講，它就已經是救贖了，雖是傷痕，但我也謝謝他。如果沒有那篇文章，我不覺得我可以變得更強壯。（莫名變成勵志！）

聶｜謝謝那些曾經傷害過我們的人。（覺得蔡依林）

黃｜好正面。（笑）
面對陰影，唯一能療癒的就是時間。我覺得要感謝有那些陰影，讓我成為現在的模樣。

如果有手術
可以切斷記憶連結，
讓陰影從此消失⋯⋯

聶｜萬一我不記得陰影，會不會從此以後就害怕看鬼片？

黃｜我不想要。

聶｜我也不想。

黃｜我們都變正面了啊，我很感謝。

聶｜萬一消除對陰影的記憶，當人生遭遇下一個失去，我們不就崩潰了？

黃｜這樣等於要從頭開始耶！

聶｜切除後人會 like a virgin，遭受刺激就脆弱得不堪一擊⋯⋯

黃｜然後我可能會開始胡亂向別人借錢（驚恐）⋯⋯ 我不想要切除。

聶 ｜陰影讓你強壯。（下結論）

黃 ｜對，就是強壯，真的。

Think Twice

如果能回到造成陰影的「過去的某一天」，現在的你會想反擊嗎？有更好的應對方法嗎？
現在開始思考 100 種培植「陰影」的辦法。（緊抓著勵志的節奏）

身
體

身體是從出生到生命結束，盛載著靈魂的有機體。

身體

黃 ｜ 先講這題目怎麼來：起因是我很訝異你開始做核心肌群運動，而且竟然持之以恆！記得有一段時間也是熱中騎腳踏車跟跑步。認識你這麼久，不太能夠想像你投入運動的樣子……

聶 ｜ 這一兩年我一直感覺到自己的身體很「老人」。例如平常坐姿會有點駝背，姿勢雖然是外在／顯的，但也感覺身體內部好像衰老得特別快，這個很難形容。開始做運動只是想要身體健康而已，無論外形有沒有什麼變化。最主要是因為工作太忙，對我來講三十七歲不應該是這麼累的，或者說身體不該這麼崩壞。我感覺到身體非常「虛弱」，最好的方法應該就是用物理方式去改善、鍛鍊它，說穿了就是把運動當復健，之後也發現運動讓體態變好了。一開始是跑步，跑久了之後，走起路來發現雙腳自然就難慢下來，走得也更輕快、舒服。自己也會感受到外界看待你的體態是健康好看的。

黃 ｜ 我是一直都在打棒球，早期是打桌球跟籃球。

聶 ｜ 其實這次的題目應該要叫「運動」吧？

黃 ｜ 運動的目的最終仍是回歸身體啊。在台北生活壓力很大，如果沒辦法運動，會渾身不對勁。我指的壓力釋放有生理和心理雙重面向：身體筋疲力盡後的鬆弛感，以及徹底流汗後心情的舒暢和放鬆。這個題目讓我想到的是吉本芭娜娜的《身體都知道》。

聶 ｜ 「身體都知道」這句話真的好棒噢！

黃 ｜ 對啊！我想要聊身體，就是被這句打動。打棒球讓我感受特別強烈，不是單純地以運動釋放疲勞，而是每一次站上投手丘或每一次揮棒，不僅受到意志力和身體狀況影響，也跟當時的心情有關，如果當周工作量大、情緒起伏劇烈，投球起來就容易浮躁，沒辦法照自己的想像跟意志力去操控身體。那就是身體在告訴你，這個狀態是不健康的。

（你跟身體的關係是什麼？）

黃 ｜ 我會盡量去……但這樣講起來太假掰了……我會盡量去了解跟聆聽它到底在反應些什麼？到了年近四十的階段，很多事情不是你用外在的意志力就可以改變的，例如說你真的已經無法再熬夜了，又或者說你熬夜後起床精神就會不好之類的，然後我很確定我至少要睡足七個小時等，不像從前只睡三四個小時就能起來趕工，身體在告訴你不能為所欲為。很明顯的是睡前吃飯這件事，會發現身體的消化功能愈來愈差，太晚吃飯，身體會明顯感覺不舒服。

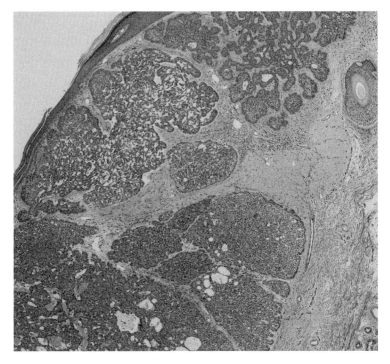

Basal cell, H&E stain. © OGphoto / 2016 iStockphoto LP.

聶 ｜ 大致上我一直都覺得我是可以掌控身體的，大概在⋯⋯二十八歲以前，就是我要怎麼使用它都很 OK。三十歲之後開始明確地覺得已經無法好好地操控身體，尤其每次遇到病痛，就會覺得沒有什麼自癒的控制權，漸漸的它已經不在你的預料範圍之內。

黃 ｜ 我本來也覺得可以像操控一台機器一般操控身體，隨心所欲要熬夜就熬夜，想加班就加班，但後來發現身體會拒絕你，例如說旅行前，或重要的記者會在即，我就不斷警告自己：「絕對不能生病、絕對不能生病」，然後呢，通常都會在這些時候出狀況，很容易感冒，於是意志力又冒出來：「我要撐住、我要撐住」，但身體沒辦法回應期望。
其實我有試著想像與身體對話，不是說「你要乖哦」那種，而是釋懷，不去虐待它。

聶 ｜ 每個人的一生中，應該都會有一段是覺得自己身體處在最好樣貌的時間，或許是青春期或其他時候，但是沒有人真正能夠停止自己的身體細胞其實一直在慢慢的衰退與死亡，你無法阻止身體就這樣老去。有時候看到我阿嬤或年紀較長的親戚漸漸沒辦法控制自己身體的樣子、漸漸沒辦法自主動作，多少會覺得傷感。住在肉體裡的靈魂，開始無法自主自由地操作這個已經穿了一輩子的載具⋯⋯終究讓我們意識到身體只是一具從你出生到生命結束，盛載著你靈魂的有機體。

黃 ｜ 這我也有同感，侯孝賢的《童年往事》最後一幕，阿嬤躺在床上，鏡頭持續特寫那個日益腐壞的軀體，給我很大的衝擊，身體會老去，人會消失，身

體終有一天不再屬於你。其電影如《悄悄告訴她》、《愛・慕》，都讓我開始思索存在與生命的想像。

（意識到身體的極限會讓你在生活上讓出一些妥協嗎？）

聶｜會吧。好像得要這樣子，這是有點不甘願的讓步。但因為你得要維持它更長久的運作機能，就得讓它能夠休息、更舒服一點。最後變成是我們的靈魂一直在想方法安撫我們的身體。不過身體舒服了，才能夠反過來讓心理舒服，我是這樣覺得。

（聊聊關於刺青）

聶｜我的刺青跟什麼符號都沒有關係，對我來說最主要是「刺青」這個動作，它才是象徵的主體，它指涉的意義在於「完整自主地使用自己的身體」。從小到大在華人世界裡我們會聽到無數的人跟你提到「身體髮膚，受之父母，不敢毀傷」這句話。這句話我真的聽到有點度爛了，因為身體就是自己的啊！我國中就跑去穿耳洞，到了高中大學，也不斷地去打洞，各種不同地方的洞喔——我就是想要把身體的樣貌交給自己決定，包含自主選擇疼痛所帶來的感覺體驗。刺青也是，人的一生很短，在無害的基礎上，若從未過癮、完整地體驗過自己身體的使用權（無論體驗的結果如何），是個損失。

黃｜充分使用自己身體這點我還滿認同的。我現在身上也有個刺青，但以前我心裡會有障礙。父母很傳統，看到刺青一定會碎碎念，再來是社會觀感，東

方人對刺青的印象，會擔心、介意別人的眼光，但這正違背了剛剛你講的：「身體是自己的，我有權充分使用」。

聶｜其實會覺得很爽，如果是在心裡不帶負擔，或必須跟任何人交代的情況下去做了這件事。

黃｜也是身體的對話，我刺青也是很單純留給自己一個紀念。但回來後很多人看到，就以揶揄的口氣說：「哦，開始叛逆囉！」「你是受到什麼打擊？」但我沒有啊！（崩潰）

聶｜（大笑）這就是一般社交上的「百無聊賴之話題製造」，對方跟你講這些話的時候他心裡壓根完全不在乎吧，就是硬要講些話。

黃｜對啊，但刻板印象刺青就是反叛。其實這就跟寄一張明信片一樣，是個紀念章而已。身體是我的，我既然自己想清楚了，為何不能做？

聶｜昨天我臉書 timeline 裡有一張荒木經惟拍 Lady Gaga 的照片被檢舉，那是兩年前 po 的，然後昨天突然就被人以照片猥褻為由檢舉了……我覺得這是種歧視，不只對身體，對女性的性別也是種歧視，因為為什麼男生可以露，女生不能露？如果我今天是女性主義者（我的確應該是），會非常在意與介意這一點。在我很小的時候非常不理解許曉丹以及在那個年代「裸露身體」所創造出的符號意義，只覺得這個女人瘋瘋癲癲的，還好教育跟這個社會終究教會了我們許多事，後來覺得她真的是一個非常屌的人，非常地敢，在那樣的時代做

了許多超前卻又極度誠實的自我實踐。

工作的關係，我們常常翻閱各類各樣的 reference，看到許多裸露的影像時不會有什麼特別的遐想，純粹只覺得那些都是好看的形體。關於臉書檢舉這件事，除了剛剛提到的兩性有別意識，另外還有另一種歧視——你為什麼覺得裸露是一種猥褻、為什麼會覺得這是色情或妨礙風化？檢舉的人憑什麼用自己的意識形態跟道德觀作為標準去糾舉人家？

在荒木經惟早前一系列的作品中我們看到的是對身體欲望式的控制（例如綑綁），而被綑綁的對象也並非全然被動的。還好這個世界上有荒木經惟，讓我們看見很多不同面向、關於欲望及影像的詮釋與討論，不只是直觀的性與暴力。

黃｜就攝影或電影而言，到底什麼是色情什麼是猥褻什麼是藝術，往往是獨斷、沙文主義的判斷。我們看《色戒》的同時也在思考，為什麼這樣的尺度可以稱為藝術而另一種不行？舉極端的例子，日本的 AV 產業，可以叫藝術嗎？我覺得這牽涉到整個社會對身體認知和開放的尺度。

我記得自己第一次看到天體營時完全沒辦法適應。那時候在布拉格，導遊一派輕鬆地告訴我們：「喔！這裡是天體營。」進入那個場所後，雖然有心理準備，還是免不了微微尷尬，心裡想著到底可不可以拍照？要不要拍照？該用什麼樣的心態跟反應去面對？後來促使我去思考為什麼裸露是禁忌，例如書內文的照片有女人裸體，就一定得封膜，封面加蓋十八禁……如果我們用更開明的角度去看，其實是很值得討論的。

（男生也有被社會的框架限制的部分嗎？）

黃｜我自己的認定，男生好像就只有帥跟不帥而已耶。

（沒有帶給你困擾過？）

黃｜有啊，同樣社團裡面，社長比較帥，吉他明明彈得跟我一樣程度，他把妹就是比較容易，所以根本是不理性的，就是因為他帥，即便他今天不是社長，吉他也彈不好，還是比較容易把妹……

聶｜（在旁邊笑倒在沙發上）不要再難過了……

黃｜我沒有難過！我已經不介意帥不帥這件事了。我比較介意的是體力。我從小到大肺活量都不好，當兵時一跑就喘，心肺無法負荷，這是我身體的障礙。其實我很想跑步，經常想像跑步過程的美好，但我就沒辦法去享受慢跑十公里後的暢快感。所以很羨慕可以長跑的人。像孫大偉心臟動過手術還挑戰單車環島，我能理解他的心態，那是和身體溝通並改變的歷程，很多事情要趁身體允許時去做，不要等到有一天不堪使用了，反而留下遺憾。

聶｜身體就是個藉由靈魂意識主宰的有機體。也例如雙性、中性、變性或無性的身體與心理認同，只要是個生命，就伴隨存在著各式各樣的基因組合結構，每一個有機體配上個人心智後，都有獨有的運作意義。

黃｜怎麼跟自己的身體相處、怎麼去理解對自我的認知，是比較重要的功課。就像旅行或運動，如果你真的熱愛，就會探知自己的適應力，以及對陌生環境

的應變力，不會因為未知的挑戰而放棄。

（永真還有想要在自己身上嘗試開發什麼嗎？）

聶 ｜ 只要不傷身或不會有後遺症的我都 OK 啊，我還想長久活著。

黃 ｜ 其實連剪頭髮都隱藏著社會判斷。有一次我剪髮時跟設計師聊天，他告訴我，曾遇到一個女客人，一進門就要求她要理光頭，他苦勸不聽，那女孩真的剃了光頭回去，後來她說周邊的朋友都不敢跟她講話，還在背後竊竊私語臆測她的動機。

聶 ｜ 她自己有覺得失誤或做錯了嗎？

黃 ｜ 沒有。

聶 ｜ 那就好啦。

黃 ｜ 是啊，我的意思是即使是剪頭髮這麼簡單的一件事，也會被外在加諸的符號套在身上。尤其社會真的對女生擁有身體主權這件事還有障礙。

聶 ｜ 有時候看一些未來科幻片，把晶片植入身體裡面，透過皮膚隱約發光、霧霧的……例如手臂裡藏有一串字，透過皮膚微微地閃動，我都覺得好好看！

黃 ｜ 現在身上也紋了刺青之後，突然感覺女生身上有刺青超性感！覺得那是一種美，充滿想像和自主力量的展現。

聶 ｜ 每個人天生的身體組成都是不一樣的──很多人拿自己的身體去對照主流價值的標準，反而產生對自己身體外在的懷疑或否定。

（覺得現在跟身體的相處是舒服的嗎？）

聶 ｜ 是吧。如果是問「喜不喜歡自己身體」反而會比較難回答，因為我沒有什麼感覺，不知道多數人是不是也有一樣感受。但可能會有一個你迷戀的對象，你極喜歡他的身體，但是他的身體對比於主流價值標準，可能很普通也可能完全相反，但你就是喜歡對方身體的樣子。

喜歡自己的身體如果是關於自我探索，喜歡另一個人的身體就牽涉到感官經驗，一路走來經過的身體們，有哪些特徵撫癒了你……讓你沉溺與想念。

假設你的第一任／初戀的身體可能不符主流標準，但由於曾經非常地愛他，便會把個人的感性經驗自動投射到與他類似的身影上面，然後你可能後來又結識不同的人，高矮胖瘦，經過不同的身體接觸之後，可能又會發現其他可能性，或許另一種身體形態更動人。這不一定關於價值，而是建立在每個人經驗過的的感性喜好。

黃 ｜ 自己的身體或許沒辦法改變，但你可以藉由欣賞、接觸另一半的身體，認識更多的世界。

聶 | 感官是很私密的，我覺得幻想，尤其是「對另一個人身體的幻想」這件事，應該（偷偷地）存在每個人的心中。例如剛剛提到藝術家對性與身體的論述及嘗試，就是在帶領我們探索想像與新的可能性，即便某些迷戀或欣賞在現實中難以更進一步，你仍然可以擁有你的想像。甚至有時候發生在真實世界裡的經驗都不及想像來得美妙。想像最好的一件事就是你擁有控制的權力，你在想像裡可以盡情支配。

黃 | 欣賞、想像、愛慕，和實際去談戀愛、在一起、擁有彼此，其實是不同層次的事。

聶 | 柏拉圖式的戀愛不太能建構在一般人身上，因為忽略了欲望壓抑的部分。

黃 | 嗯，就像該不該有婚前性行為的爭議一樣，「欲望」這件事，是兩個人在一起時必須面對的重要問題。

聶 | 每個個體都是不一樣的，欲望也是。

黃 | 我很難忘記你之前很專業地分享青春露的樣子……還常常討論到臉部皮膚緊緻或鬆弛等等……這幾年我意識到，老化帶來的容貌改變是必然現象，我沒辦法想像或接受，某一天我的臉需要動手術整得像藝人那樣看不出年紀。
聶 | 到時候醫美技術更先進，看起來就不會假。

黃 | 真的嗎？那我就可以接受了。（笑）

終場亂談

如果可以任意
賦予身體一項能力……
曾經在夢裡面經歷過
現實世界沒有過的
身體變化嗎？

黃｜我曾經夢過在拳擊台上，我是個拳擊選手，可怎麼打都沒辦法打到對方，對方也是，互相出拳，但怎麼打兩方都不會死……很奇怪的夢，但我平常不可能去打拳擊，可是在夢裡面可以體驗拳擊對打，而且是怎麼樣都不會受傷的。

聶｜我沒有耶，但我有想到一件事（興奮）。就是……人不時都會作春夢嘛（大家笑），如果你夢到的對象是某個認識的朋友，第二天起床你一定會對他產生一種說不出的好感，因為你昨天跟他發生親密關係了……在夢裡面。就可能會腦波弱地敲他訊息，問他「欸，最近好嗎？」之類的。
這件事情偶爾就會發生，所以有時候，有時候啦！當一個很久沒聯絡的人／朋友突然敲我，我會馬上問他說：「你昨天晚上是不是夢到我？」

（全場狂笑）

聶｜準度百分之八十到九十。

黃 ｜ 這招好好用喔！

聶 ｜ 真的是這樣子耶！

黃 ｜ 就算不是春夢，很久不見的朋友夢到你，應該也會覺得感動吧。

聶 ｜ 我只在乎春夢。（完）

Think Twice

怎麼看待裸體／露？
什麼是「身體都知道」但你不知道的事？
如果有一天，你無法控制自己的身體……

歌
詞

記在心上久久的，都是那些從青春年少時期聽到現在的歌。

歌詞

黃　｜　如果歌詞很糟的話，你排字會受影響嗎？

聶　｜　翻白眼而已，不會有什麼影響。有啦，會特別瞄一下作詞人是誰。

黃　｜　那如果是李格悌寫的，詞又非常美，排起來不會很有靈感嗎？

聶　｜　其實在進入這階段之前，大部分的概念跟美術方向都已經底定了。倒是在聽廣播時，如果忽然聽到實在是爛透了的詞，我就會趕快去 Google 這歌手到底何方神聖，記住他。
很多歌詞內容真的會讓人倒抽口氣、或者純粹只是陳腔濫調，創作者或許相信自己的句子最特別最別出心裁，其實當我們（設計）看到某些常出現的詞句時，只會覺得「又來了！」「又是同一句！」最常見的就是「Hey girl」，你一定不相信，從以前到現在我不知道排到過多少次，每次心裡都想說怎麼又來了，真的是太多，多到要吐。這句真的是我看到就會反感的，因為有夠氾濫……等一下！還有「Oh babe」也是。

黃｜（笑）的確，現在很多歌詞，是用形容詞堆砌拼湊的空泛句子。不是在文字間打轉就是陷入無病呻吟，那種歌詞對我來說是敷衍聽眾的感情。

聶｜每個時代都有爛歌詞跟好歌詞，好歌詞是即便我們現在再回頭看也絲毫不覺過時，只能看得出時間感不同，但仍然可以感受到文筆跟文字氛圍的精采。好的歌詞無論在哪個時代，似乎都沒有太過拐彎或賣弄，又能夠在簡短的幾個字裡，呈現功力。

黃｜我覺得無法不提李宗盛就是這個原因啊！他從以前到現在都很擅長這件事。本來想說要不要試試挑戰聊華語音樂但不提羅大佑和李宗盛，但光用想的就知道超難，他們的太多歌曲代表數十年來華語樂壇的流變和影響，樹立太多典範，不知影響了多少人。

聶｜歌詞若是為了押韻而硬湊，就不一定符合真實的情感感受。好的歌詞會提出新的、不一樣的觀點，文字一入到耳朵，就像被狠狠敲了一記──我一定要提李宗盛寫的〈第三者〉，詞意白話且又無比精準：「**她只是最最無辜的第三者╱就算她消失此刻╱告訴我能得回什麼呢╱責怪她又憑什麼呢╱她只是無意闖入的第三者╱我們之間的困難╱在她出現之前就有了……女孩妳聽著╱所有愛情都有競爭者╱我不妒忌你們快樂╱雖然我人生因此有曲折╱他還是不錯的╱我們的選擇不是巧合……**」

黃｜莫文蔚的〈陰天〉也很經典，李宗盛只是平鋪直敘的陳述：「**陰天╱在不開燈的房間**」，但你完全可以想像一名留著長髮的女子，假日時窩在房間裡

面獨自回想擁有過的戀情點滴，就像電影腳本，畫面都具備了。

聶 ｜ 從此覺得陰天在不開燈的房間裡很美。

黃 ｜ 對！充滿渲染力。反過來講，若是不好的歌詞，你永遠不會在某個時間點想起那句屬於那心情的歌詞，只在 KTV 包廂裡才會大聲唱。愛情，不管是第三者、暗戀或曖昧，都很容易在文字比喻上作文章，但旋律好卻缺乏態度的歌，很難釋放聽眾的情感或引發共鳴，它只是好唱、灑狗血、便於快速流傳。你看夏宇，她的歌詞隨時代感而有不同，但仍然都可以進入時代，最近蔡依林的新歌〈我呸〉用了大量當代的符號，可是她駕馭得很好。

聶 ｜ 她以前在滾石，所以十分知道。她的詞排起來或念出來，就是一首現代詩。歌詞會影響我對歌手的印象，雖然不一定是歌手自己寫的，但關係到她能找到哪些有 sense 有才華的人，也關係到她的品味。

黃 ｜ 有時候為了遷就旋律，別人這段只放得進十一個字，夏宇硬是有辦法填九個字或十三個字都成立，還保留她的風格。作詞人如台灣的李焯雄、姚若龍、陳小霞，香港的黃偉文、林夕等等，徹底了解某位藝人，知道什麼是適合對方，如何量身打造。另一類是音樂人兼創作者，如李宗盛。也有幾乎把歌詞化為一首古典詩的，例如張雨生的〈河〉。

聶 ｜「當你平躺下來／我便成了河」，我直接聯想到的就是身體。

黃 ｜ 「任我流吧／層層冰川／億年換幾吋／我也寧願這麼盼」，到副歌，一直一直堆疊，樂器不斷加進來，那股情緒慢慢累積直到瀕臨爆炸⋯⋯

聶 ｜ 這首歌既抽象又非常地美，充滿了想像空間。對我來說它就是一首很親密的情詩。

黃 ｜ 我覺得這個時代很難再出現第二個張雨生，音樂的鋪陳與文字的堆疊是分不開的。要有深度，要有態度，要誠懇而不賣弄，文學底子就很重要。張雨生的歌是要看著歌詞認真聽的，喝醉酒之後或一群男生聊天，倒常哼起〈不再讓你孤單〉、〈最後一次溫柔〉、〈恨情歌〉等陳昇的歌。我在某些場合心裡會特別浮現〈二十歲的眼淚〉。以前不懂，反而到現在這把年紀真的有很深切的共鳴。

聶 ｜ 我也是一直記得〈二十歲的眼淚〉，這首歌對很多男孩子來說，是跟著一起長大的歌。

黃 ｜ 〈風箏〉也很好聽。

聶 ｜ 但〈二十歲的眼淚〉擁有更獨特的位置跟意義。老實說，平常太多歌在我們心裡圍繞了，若要列一張屬於自己的歌單，我想會是偏早期的歌曲。會記在心上久久的，都是那些從青春年少時期聽到現在的歌。像高中時有戀愛的投射，很多歌詞自然而然對號入座，我那時候的心頭好可是周華健呢，例如〈風雨無阻〉、〈其實不想走〉、〈孤枕難眠〉等等，我戀愛得很澎湃。

黃 ｜ 這期應該要安排在 KTV 聊啊！（扼腕）周華健是很典型適合投射內心情感的歌曲，〈讓我歡喜讓我憂〉光歌名就非常精準！如果你當時處在一段戀愛中，需要在歌詞中尋求寄託或抒發，那這樣的歌非常能打中你。還有一首，我當時沒有談戀愛也沒有那麼慘，但卻對歌詞異常投入──優客李林的〈認錯〉，真不知道自己那時候是在投入什麼……（笑）

聶 ｜ 那時聽到〈認錯〉這首歌，讓我非常非常想來台北，一心想考上台北的學校（笑）。裡面有句歌詞「一個人走在傍晚七點的台北 city」，當時覺得這種孤獨的感覺實在太迷人了呢！

黃 ｜ 我是聽孟庭葦〈冬季到台北來看雨〉，別在異鄉哭泣，滿心覺得好浪漫。現在再回去聽喜歡的，天天唱的歌，就很疑惑當時為何如此投入，因為明明就跟自身的情感經驗很不一致啊！我猜那可能是我描繪對世界的想像方式之一。

聶 ｜ 寫到內心暗黑面的歌詞會讓我特別有共鳴，尤其是難以啟齒、不覺得值得被寫入歌詞裡的。經典案例像趙傳〈我很醜，可是我很溫柔〉，這首歌帶給我的震撼在於，在那之前一旦思考主流歌詞，永遠都想像著美好宛如偶像劇的世界，這當然沒錯，因為流行文化就是要造夢，但〈我很醜，可是我很溫柔〉坦白而直接地表達某群人的心聲，想想「我很醜」這三個字可以進入歌詞，真的是非常厲害的一件事，從來沒人想到竟然可以被寫成流行歌，變成大家一起唱的歌曲。歌手也很重要，我想如果不是趙傳，可能也不會有歌手願意唱這首歌。一出來你就知道是「會中」的歌，完全對了。

黃 ｜ 那個厲害是把你對感情、人生或生活的態度，很犀利地寫出來，例如李宗盛〈給自己的歌〉和〈山丘〉，挖到很深的內心處。或像黃偉文寫給陳奕迅的〈浮誇〉，細膩傳神地講娛樂世界的卑微與膨脹⋯⋯你心裡面會吶喊：「對！就是這樣。」

聶 ｜ 他們把這個世界上正在發生的現象，用別人還沒使用過的語言寫出來了。在我心目中像陳珊妮也很具代表性，自己作詞作曲兼製作人，可以完全不用去顧慮到跟其他人協調，非常自我、非常任性地忠於作者文本。

黃 ｜ 在考量到大眾性跟通俗性的市場潮流裡，陳珊妮反而是往另一頭更前衛的方向走。現在再看《華盛頓砍倒櫻桃樹》，依然覺得經典。她這張專輯裡一首歌叫〈看場電影〉：「下雨了 ／ 找個地方避一避 ／ 我有 16 個硬幣 ／ 打電話找人一起看電影 ／ 他們卻說 ／ 真不是看電影的好天氣」，讓人感同身受，下雨天不知道能幹麼，想找朋友看場電影打發時間的那種心情。
還有一種歌詞也很厲害，表面上你以為在講感情，背後是在表白自己的人生。像林暐哲製作的楊乃文專輯《應該》，最後一首〈放輕點〉：「放棄了 ／ 就不會再有機會 ／ 如果這是你要的 ／ 你一定沒想清楚」，林暐哲其實是藉愛情來描述命運，他在與現實對話。我喜歡它讓每個人即使有不同解讀，依然可以對應到自己的人生。

如果一個人晚上在家，
推薦一張
你想播放的專輯……

聶 ｜ 我會推薦在高中時聽到的一首歌，專輯名稱跟那首歌都非常厲害，陳冠蒨《關於愛的二三事》那張專輯的主打歌〈你若是愛我請你說出口〉。那時覺得非常厲害的原因，是當自己獨處時拿起專輯，打開內頁看到文案時的激動，寫得好到不行！至今記憶猶新，尤其是在那個時代，二十年前這樣的文字表現是非常新的。那篇文案從「心部‧九劃‧愛」這個標題起頭：「第一劃有點為難，你念這個字的唇形擦在我右邊的臉頰，貓吞了乾飼料，過來舔你的腳背，我們一起說好癢。」一路講到第十三劃，文字好漂亮。翻開下一頁接著看到〈你若是愛我請你說出口〉的歌詞，關於一個人在外地城市生活的情境跟念白也非常地強，完全抓住了我對都會愛情的響往。（讚嘆）

黃 ｜ 我想我會推薦李宗盛《生命中的精靈》吧。這張專輯很完整，裡面有很多歌適合一個人的晚上聆聽，像第一首〈開場白〉：「你現在是怎樣的心情呢 ／是歡喜悲傷還是一點點不知名的愁 ／ 如果是 ／ 請進來我的世界稍做停留」，不會整張都是主打歌，也不會情緒太重，一直 repeat 也不膩。
再追加一張，雷光夏的《逝》，也很適合一個人的晚上。以前買到 CD 的第

一件事就是從第一首聽到第十首，然後對照著歌詞研究。偶爾會先放一遍，還會研究作詞人作曲者、編曲認不認識⋯⋯但現在的音樂變得更娛樂化也更生活化，可能是聽演唱會或休閒唱 KTV，場合更多元了，也更具社交性。但其實我還滿懷念以前那種歌詞本攤開，一首一首對照著看的日子。

印刻文學 479

慢漫談
Think Twice

作者 ｜ 黃俊隆、聶永真。**記錄整理** ｜ 鄒欣寧、柯若竹、蔡俊傑。**總編輯** ｜ 初安民。**責任編輯** ｜ 陳健瑜。**美術設計** ｜ 永真急制 Workshop。**校對** ｜ 吳美滿、陳健瑜。**發行人** ｜ 張書銘。**出版** ｜ INK 印刻文學生活雜誌出版有限公司、新北市中和區建一路 249 號 8 樓、電話—02-22281626、傳真—02-22281598、e-mail—ink.book@msa.hinet.net。**網址** ｜ 舒讀網 www.sudu.cc。**法律顧問** ｜ 巨鼎博達法律事務所 施竣中律師。**總代理** ｜ 成陽出版股份有限公司。**電話** ｜ 03-3589000 （代表號）。**傳真** ｜ 03-3556521 。**郵政劃撥** ｜ 19000691 成陽出版股份有限公司。**印刷** ｜ 海王印刷事業股份有限公司。**港澳總經銷** ｜ 泛華發行代理有限公司。**地址** ｜ 香港新界將軍澳工業邨駿昌街 7 號 2 樓。**電話** ｜ (852) 2798 2220。**傳真** ｜ (852) 2796 5471。**網址** ｜ www.gccd.com.hk｜**出版日期** ｜ 2016 年 2 月 初版。**ISBN** ｜ 978-986-387-085-2 。**定價** ｜ 270 元

Published by INK Literary Monthly Publishing Co., Ltd. All Rights Reserved Printed in Taiwan 版權所有 · 翻印必究。本書如有破損、缺頁或裝訂錯誤，請寄回本社更換

-

國家圖書館出版品預行編目資料 慢漫談 Think Twice / 黃俊隆、聶永真作 . -- 初版 . --。新北市：INK 印刻文學 , 2016. 2。xx 面 ; xx 公分 . -- (印刻文學 ; 479)。
ISBN ｜ 978-986-387-085-2。CIP ｜ 810.72 105000695